# 会津の義
## 幕末の藩主松平容保

植松三十里

JN178349

集英社文庫

目次

# 会津の義　幕末の藩主松平容保

# 一章　鳥羽伏見から

伏見《ふしみ》奉行所の広間は、異様な空気が満ちていた。

すべての畳が上げられて、襖《ふすま》も障子も取り払われた素通しの中、草鞋《わらじ》履《ば》きの男たちが足音も荒々しく行き来する。

誰もが幕府本営からの攻撃命令を、今や遅しと待っている。

会津《あいづ》藩主、松平容保《まつだいらかたもり》は、烏帽子《えぼし》に緋色《ひいろ》の陣羽織姿で床机《しょうぎ》に腰かけ、采配をかたく握りしめていた。

「遅いッ」

待ちきれず、床机を蹴るように立ち上がると、大股で縁側に進み出た。

容保は幼い頃から美少年といわれて育ち、三十四歳になった今も、あごが細く、やや女性的な顔立ちだ。

しかし気質は見た目とは裏腹で、向こう気が強い。

縁側の庭先は、武装した会津藩兵でいっぱいだった。

誰もが韮山笠《にらやまがさ》を目深《まぶか》にかぶり、足元は裁付袴《たつつけばかま》に草鞋履きだ。

銃や槍《やり》を抱えて地面に座り込んでいたが、藩主の姿に気づいて、慌てて立ち上がろうとする。

容保はよく通る声で、それを制した。

「立たずともよい。まだ休んでおけ」

また藩兵たちは地面に座り込む。

縁側からは、開け放った表門の先まで見通せる。

伏見の町は静まり返り、知らせの早馬が駆け込む気配は皆無だ。

深い軒の先に視線を向けると、空一面が黒雲に覆われ、今にも雪でも降り出しそうな空模様だった。

慶応四年が明けて早々の一月三日は、日没が近づき、刻々と空の暗さが増す。

奉行所のすぐ北に、薩摩兵《さつまへい》たちが竹矢来を組んで、勝手に関を設け、朝廷の命令により通せないと言い張っていた。

ずいぶん前に、夕七つの鐘が聞こえており、このまま日が暮れて、敵と対峙《たいじ》したまま夜を越すのか。

ひと晩が過ぎてしまえば、いたずらに敵に備えの時間を与えることになる。なんとしても夜になる前には、関を突破して京都に向かいたかった。

だが幕府本営からの許可がなければ、武力行使はできない。その命令待ちだった。

容保が采配を握り直した時だった。

西の彼方《かなた》から、どーんという砲音が聞こえた。低く垂れ込めた雲に反射して、鈍く響き渡る。

座敷の中を振り返ると、主だった家臣たちが、いっせいに容保の周囲に駆け寄った。

砲音は二発、三発と繰り返される。方向からして、鳥羽《とば》街道で戦闘が始まったに違いなかった。

そちらでは容保の実弟で、桑名藩主でもある松平定敬《さだあき》が、軍勢を率いて進軍しているはずだった。

容保は家臣に向かって言い放った。

「それぞれ持ち場につけッ。こちらでも、もし敵が仕掛けてくるようならば、上さまからのご命令がなくとも、戦いに突き進む。だが、けっして先に手は出すなッ」

力を込めて采配を振ると、いっせいに家臣たちが縁側から地面に飛び降りた。それぞれ配下の藩兵のもとに走り去っていく。

前庭の藩兵たちも力強く立ち上がる。

いななきが聞こえ、厩《うまや》から何頭もの馬が引き出されてきた。

いつのまにか冷たい小雨が降り出していたが、前庭全体が、たちまち熱気で埋まった。

容保は奉行所の一隅にある櫓《やぐら》に駆け登った。小姓の浅羽忠之助《あさばちゆうのすけ》が後に続く。

櫓の頂上からは伏見の町が見渡せた。普段なら夕餉《ゆうげ》の煮炊きの煙が、あちこちから上がっている時刻だ。

しかし煮炊きの煙どころか、通り沿いの掛行灯《かけあんどん》には、ひとつも火が入っておらず、眼下一面が暗い。

町人たちは戦闘が起きそうだと勘づいて、こぞって逃げ出していた。

櫓の足元だけが、奉行所の松明《たいまつ》で煌々《こうこう》と明るい。敷地の隅々まで、会津藩兵で埋まっているのが見えた。

容保は北方向を向き、櫓の手すりをつかんでつぶやいた。

「きっと敵は我慢しきれずに発砲してくる。もうじきだ」

そして浅羽を振り返って聞いた。

「この辺りの絵図があるか」

「はい、こちらに」

浅羽は懐から、折りたたんだ絵図を取り出して、手早く広げた。

浅羽忠之助は容保よりも四歳上で、ひょろりと背が高い。几帳面《きちようめん》で気配りのできる男で、主人の行動には機敏に反応する。

伏見は京都の南に位置し、奉行所の南側には宇治川《うじがわ》が流れ、町中にも水路がめぐらされている。

薩摩藩の設けた関の場所を、容保が絵図で確認した時だった。

北側の一角でピカッと閃光《せんこう》が走り、さっきよりもずっと近くから、どーんという轟音《ごうおん》が響いた。

ひゅるるるっと風切り音が続き、次の瞬間、櫓を揺るがすほどの振動が襲った。

伏見の町のただ中に、花火のような閃光が四方八方に飛ぶ。

すさまじい爆発音が耳をつんざく。大きな火柱が上がって、火の粉が飛び散る。

敵の攻撃が始まったのだ。

容保は手すり際に仁王立ちになり、下に向かって声を限りに叫んだ。

「行けえええッ」

次の瞬間、地鳴りのような鬨《とき》の声が敷地に満ちて、藩兵たちが怒濤《どとう》のごとく動き出した。

門に近い者から抜刀し、銀色に輝く抜身を掲げながら、伏見の町中へと駆け出していく。

砲音が続く中、さらに近くから甲高い射撃音が加わった。パパパンと絶え間なく繰り返される。

容保は采配を握りしめたまま、心中で藩兵たちに声援を送った。取るに足らない薩摩の弾になど、けっして当たるなと。

関を突破すれば、そのまま市街戦となる。白刃戦は会津藩士のもっとも得意とするところだ。

門から伝令が駆け込み、櫓の上に向かって大声で告げた。

「関は突破しましたッ」

容保も大声で答えた。

「わかったッ。そのまま北へ押していけッ」

将たる者は軽々しく前線には出られない。大将が命を落とせば、家中は統率者を失い、即座に敗北に至る。それが古くから続く、日本の合戦の鉄則だ。

銃砲の音は、いよいよ激しさを増し、門の外から火薬の匂いと煙が、櫓の上まで流れてくる。

すっかり日が落ちて宵闇が広がる中、奉行所の塀の向こうで、火柱がひとつ、またひとつと増えていく。

それが周囲へと飛び火して、たちまち火事が広がり、昼間のように辺りを照らした。

大火事になろうとも町火消しは現れない。ただ燃えるに任せるばかりだ。

それでも容保は勝利を確信して、浅羽に言った。

「下に降りよう。そろそろ敵を蹴散らせる頃だ」

騎馬で北に向かおうと、浅羽が先に降り始め、容保も梯子《はしご》に手をかけた。

その時、間近で鋭い風切り音がして、手元に衝撃が走った。

はっとして目を凝らすと、櫓の太い手すりに、小指の先ほどの穴が空き、そこから煙が立っていた。

「殿ッ、危ないッ」

梯子を降りかけていた浅羽が、すぐ下から叫んだが、容保は怒鳴り返した。

「薩摩の弾になど当たるかッ。私のことはいいから、先に降りろッ」

なおも銃弾が間近に飛来する。どうやら狙い撃ちされているらしかった。

急いで梯子を下り、無事に地面に降り立った。

その時、ふたり目の伝令が門に飛び込んできた。

顔も着物も泥だらけで、容保に気づくなり、駆け寄って片膝を地面につき、息せき切って言う。

「敵は御香宮《ごこうのみや》に陣をかまえ、大砲を据えている様子です。大手筋を隔てて、東西で壮絶な戦いになっていますッ」

また浅羽が手早く絵図を広げる。

御香宮神社は伏見奉行所から北東に、四、五丁ほどしか離れていない。

大手筋は奉行所から北に伸びる大通りで、その東側から激しい銃撃を受けているという。

　薩摩藩による予想外の抵抗だった。

「わかったッ。援軍を送るゆえ、なんとか大手筋を越えて、敵陣を蹴散らせッ」

「かしこまりましたッ」

　伝令は軽く頭を下げ、ふたたび大手筋へと駆け出していった。

　容保は激しい銃声に負けんばかりに、残っていた藩兵に向かって声を張った。

「大手筋に向かえッ。東に居並ぶ敵を打ち破って、御香宮に突っ込めッ。敵の砲手を狙うんだッ」


　容保が会津藩兵を率いて京都に来て五年。

　その間、幕府方には何度も難関があったが、去年の十月十四日、十五代将軍徳川慶喜《とくがわよしのぶ》が大政を奉還した。

　容保は弟の松平定敬とともに猛反対した。

　その時まで容保は京都守護職、定敬は京都所司代の座にあった。兄弟で力を合わせて、都の治安維持に当たってきたのだ。

　将軍が将軍でなくなれば、配下の自分たちも役目を離れることになる。

　ここで守護職や所司代を辞めてしまったら、京都の町には狼藉者《ろうぜきもの》が横行し、大混乱に陥る。それだけは避けなければならなかった。

だが慶喜は朝廷に対して、強引に将軍辞職の承認を求めた。

なかなか返答は得られず、その間、容保も定敬も役目に留《とど》まった。

それから二ヶ月近く経《た》った十二月九日、思いがけない展開になった。

朝廷が将軍辞職の承認だけでなく、慶喜に官位と幕府直轄地の返上を求めてきたのだ。

将軍職と官位は朝廷から賜ってはいるものの、直轄地は、その昔、徳川家康が実力で獲得したものだ。朝廷に返す筋合いはない。

薩摩藩や長州藩が、裏で操っているのは明らかだった。

慶喜は返上を拒み、騒乱の起きそうな京都を離れて、十二月十二日に全軍を率いて大坂城に移った。

これにも容保は定敬とともに反対したが、聞き入れられなかった。

一方、薩長は京都に居座り、朝廷を牛耳《ぎゅうじ》り続けている。

帝《みかど》を人質に取られたも同然で、慶喜は言いなりになるばかりだ。

容保と定敬は、今度は大坂から京都に戻るよう、慶喜に強く迫った。

都を離れてしまっては、薩長に好き放題されても、手の打ちようがない。

ようやく慶喜は兄弟の主張を受け入れ、慶応四年が明けた元日、主だった配下を集めた。

そして胸を張り、堂々と「討薩の表」なるものを発表した。

「薩摩のふるまいは、けっして帝の真意ではない。奸臣《かんしん》らの陰謀であり、彼らの引き渡しを求める。もし応じないようであれば、彼らに誅伐《ちゅうばつ》を与える」

慶喜は容保よりも、なお端整な顔立ちだ。それが力強く宣言する姿は、配下の心をつかんだ。

すぐに京都進軍が計画され、容保の会津藩が伏見に、定敬の桑名藩が鳥羽に、それぞれ先陣を命じられた。

そして今日、進軍を開始したのだが、伏見奉行所の北に関が設けられて、足止めを食ってしまったのだった。


刻々と時間は過ぎ、夜はふけていく。銃砲の音は激しさを増すばかりだ。

何度も味方の苦戦が知らされた。予想したほど簡単には、大手筋を突破できなかった。

鳥羽街道の桑名藩の陣営からも、騎馬の伝令が苦戦を知らせてきた。

容保は援軍の要請を考えた。

最新鋭の幕府陸軍に、御香宮神社の背後にまわり込んでもらい、そこから砲撃を仕掛け、こちらからも白刃戦で討って出れば、確実に敵方を蹴散らせる。

だが、わずかな敵に援軍を呼ぶというのも情けない。できれば会津藩だけでと迷った時だった。

今までになく間近で風切り音が聞こえた。

次の瞬間、轟音とともに、地震かと思うほどの大揺れが襲った。とてつもない風が吹き、無数の礫《つぶて》が飛んでくる。

あまりの風圧で、前庭に立っていた容保は、地面にたたきつけられた。なおも礫が肌を刺す。

何事が起きたのかと顔を上げると、奉行所の一角から、天を焦がすほどの巨大な火柱が上がっていた。

誰かが怒鳴りながら走ってくる。

「殿ッ、敵の砲弾が、火薬倉に落ちましたッ」

中の火薬に引火したらしく、何度も何度も大爆発が続く。

それが大量の火の粉を撒《ま》き散らし、あっという間に奉行所の建物に火がついた。

何箇所からも出火して、もはや消しきれないのは明らかだった。

容保は立ち上がるなり、門の近くまで走り出た。

伏見の町は、すでに一面、火の海になっていた。

その時、また前線からの伝令が、全速力で走ってきた。

「どうしても大手筋を突破できませんッ。敵の銃撃の前に、味方はバタバタと倒れています。敵は大砲を南に移動させ、こちらの奉行所を目がけて撃ち始めています」

報告を受けている最中《さなか》にも、敷地のどこかに砲弾が落ちたらしく、激しい爆発が続く。怪我《けが》を負った藩士も、次々と奉行所に担ぎ込まれてくる。

さらに一騎、桑名藩の旗印を掲げた伝令が駆けつけた。

「敵の砲撃が激しくて、どうしても北上が不可能です。いったん鳥羽街道を退却することに致しましたッ」

定敬は容保より十一歳下だが、兄弟の中でも特に向こう気が強い。それが退却を決めたというのだから、よほどの苦戦に違いなかった。

また奉行所のどこかに着弾して、建物が崩壊する音が、盛大に響き渡った。

もはや撤退を決断せざるを得なかった。

「いったん引けええッ、南に退却だッ」

薩摩兵ごときを相手に引くのは悔しいが、ほかに打つ手がなかった。

すぐさま退却合図の法螺貝《ほらがい》が鳴り響く。容保は、軍事奉行の添役《そえやく》を務める神保修理《じんぼしゅり》を呼んで命じた。

「しんがりを命じる。最後まで、ここに留まって、敵の追従を退けよッ」

神保が片膝を地面について答えた。

「しかと承りましたッ」

愛馬が引かれてくる。砲音や火事で興奮して、首を上下に振り、せわしなく足踏みをする。

容保は首筋を軽くたたいて落ち着かせ、鐙《あぶみ》に足をかけて、ひらりと鞍《くら》にまたがった。

奉行所に残っていた藩兵たちが、すばやく馬の前後を固めた。

愛馬がいよいよ興奮して、両方の前脚を高々と持ち上げる。

容保は手綱を引き寄せて、体の重心を保ちつつ、声を限りに叫んだ。

「一同、引けえぇッ」


翌一月四日には攻防が続く中、突然、敵方に錦旗《きんき》がひるがえり、官軍を名乗り始めた。

五日に幕府方が淀《よど》まで引いて、淀城に入ろうとすると、留守居役から入城を拒まれた。

淀の藩主は幕府の老中だ。今は江戸城にあって、淀城には留守居役しかいない。

その独断とはいえ、よもやの譜代藩の寝返りで、幕府方全軍に震撼《しんかん》が走った。

六日になると、味方の勝手な退却が始まった。徐々に敗戦の色が濃くなっていく。

容保には、その理由がわかっていた。慶喜が風邪《かぜ》と称して大坂城にこもり、緒戦から一切、出陣しないからだ。

容保は仮病を疑った。今までも慶喜は腹痛だの風邪だのと言っては、大事な場面から逃げたことがある。

そこで定敬を誘った。

「上さまが風邪と仰せなら、こちらは、お見舞いと申し上げて、なんとしても大坂城の奥までうかがおう」

定敬がいまいましげに言う。

「先日の『討薩の表』は、いったい、なんだったのでしょう。あれほど勇ましく告知した本人が、まるで大坂城から出てこぬとは」

容保は、初日の撤退の際に、しんがりを務めた神保修理も、一緒に連れて行くことにした。

六日の夕刻になって三人で登城し、強引に城の奥座敷まで押し入った。

そして慶喜の枕元まで進み出て、容保が強い口調で言った。

「上さま、ご病床まで失礼とは存じますが、どうか、ご出馬をお願いしとうございます」

慶喜は紫の病鉢巻《やまいはちまき》を、これ見よがしに額に巻いて、横になっていた。

だが紫の鉢巻が病気を退けるなど迷信であり、今どき用いる者はいない。だいいち顔色も悪くない。

それでも態度だけは気だるげだ。

「風邪をこじらせて、どうにも動けぬ」

わざとらしく咳《せき》をしてみせる。

容保は怒りを抑えて言った。

「私どもの家中では、皆々、命がけで戦っております。疲れ切っているところに、冷たい雨を浴びて、体調を崩した者もおりますが、戦わぬ者は、ひとりとしておりません」

定敬も言葉を添えた。

「ここはなんとしても、お出ましくださいッ。上さまがお出になるかならないかで、皆々の士気が大きく変わることでしょう」

定敬は容保と似た細面ながら、目元の印象が、切れ長の兄とは異なる。大きな二重まぶたで、勝ち気が容貌に表れている。

だが慶喜は、いかにも不機嫌そうに答えた。

「薩摩の者どもなど、その方らだけで蹴散らせぬのか。さほどの軍勢ではあるまい」

容保は両手を前に揃《そろ》えた。

「緒戦で負けたのは、重々、申し訳なく存じます。されど、その後、淀などが裏切ったのは、上さまのご真意を疑っているからに、相違ありません」

上に立つ者が出馬するか否かは、全軍の士気に如実に反映する。

今回、寝返りが続出したのは、当初から将軍に戦う意志があるのかと勘ぐられ、最終的には、出陣の見込みがないと判断されたからに相違なかった。

「いよいよ敵方は勢いづいています。ここで上さまご直々《じきじき》に、ご出馬いただければ、味方の士気は大いに上がり、かならずや一挙に逆転できましょう」

この四日間、指揮系統が乱れたことも、苦戦の一因となっていた。

将軍が大坂城から出て、できるだけ前線近くに陣をかまえれば、命令は一貫するし、受ける方も迅速に対応できる。

素早い判断が必要な場面で、将軍が広大な城の奥に留まるのは論外だった。

「いくさに何より大事なのは、信頼できる総大将の存在です。皆々、上さまのご出馬を、何より待ち望んでいます」

容保は、なおも言葉をつくした。

「上さまは錦旗を気になさるかもしれませんが、あのような偽旗は、いくらでも作れます。官軍と称していても、偽官軍なのは間違いありません」

ここ何年かの間に、何度も偽勅が発せられた。

帝の真意ではないのに、周囲の公家が細工して、勅命であるかのように、書状を発行したのだ。

今度の官軍の自称も、その延長に間違いなかった。

しかし慶喜は黙り込んで何も答えない。

容保は思わず溜息《ためいき》をもらし、後ろに控えていた神保修理を振り返った。

「神保、そなたの考えを、上さまにお聞かせせよ」

神保修理は容保と同年代だ。やや素朴な顔立ちながら、会津の藩校での成績は抜群で、長崎に留学したこともある。

そのため海外事情にも通じており、容保の信頼は深い。

神保は学者風に総髪にした髷《まげ》を深く下げ、かすかに会津訛《なま》りが残る口調で、慶喜に向かって言った。

「恐れながら申し上げます。ここは、いったん全軍で江戸に引いて、立て直してはいかがでしょうか」

容保は、かたずを呑《の》んで家臣の説に聞き入った。

神保は以前から、京坂における幕府側の不利を訴えていた。

帝は御所の御簾《みす》の奥にいて、どうしても公家が介在する。反幕府の公家衆が力を持てば、帝を操ることもたやすい。

そこに長州などの攘夷《じょうい》藩《はん》が、武力を提供すれば、いよいよ勢いに乗る。

そんな土俵で勝負をかけても、勝ち目はないというのが神保の主張だった。

江戸城に引いて、関東から甲信越、奥州までの東の諸藩を結束させ、その頂点に立って、圧倒的な武力を京都に見せつける。

そうすれば攘夷派の公家も薩長も、幕府を重んじるようになるというのだ。

容保としては神保の主張に、心底から賛同しているわけではない。

今ここで京坂から離れれば、なおさら薩長が勢いづくのは目に見えている。

慶喜にしても、江戸に帰るほどの覚悟が定まるとは思えない。

だが、そこが目のつけどころだった。自身の出馬か、全軍の江戸帰還か、二択を迫れば、おのずから出馬の約束が引き出せると、容保は読んだのだ。

一種の賭けだった。もし全軍で江戸に戻ることになっても、このまま将軍が出馬せずに、ずるずると負け続けるよりも、ましだった。

容保は膝を乗り出して聞いた。

「いかがでございましょう。上さまご自身のご出馬か、江戸帰還か、どちらかをお決めください」

だが慶喜は答えない。

すると定敬が、しびれを切らし、強い口調で切り出した。

「もしも、このまま敗戦を喫したら」

ひとつ息をついてから、断言するように言い放った。

「上さまは、歴代の将軍に顔向けが、おできにならなくなりましょう」

すると慶喜が言い放った。

「もうよい」

突然、上半身を起こし、額から手荒く紫鉢巻をむしり取って、遠くに放り投げた。

「わかった。今から出馬する」

そのまま力強く起き上がって、小姓を呼んだ。

「主だった者を、すぐに広間に集めよッ」

定敬がとどめを刺すように聞いた。

「よもや『討薩の表』の二番煎《にばんせん》じでは、ございますまいなッ」

慶喜は大声で怒鳴った。

「今すぐ出馬すると申したであろうッ」

その態度に、容保は本気だと確信できた。

これで逆転できる。偽官軍の化けの皮をはがせるのだ。

容保は御前から退くなり、定敬を褒めた。

「よくやった。言いすぎかと思ったが、思い切った荒療治で、上さまにご決断いただけた」

定敬は嬉《うれ》しそうに笑う。

容保は神保にも褒め言葉をかけた。

「そなたの勧めは、お取り上げにならなかったが、それはそれでよい。上さまのご出馬は、そなたの手柄でもある」

「いえ、手柄など」

神保は本気で江戸帰還を進言したつもりだった。そのために困ったように総髪の頭を傾けた。


それから慶喜は大坂城の大広間に、容保と定敬をはじめ、譜代大名や旗本を集めた。

すると次々と声が上がった。

「上さま、一刻も早く、ご出馬くださいませ」

「そうして頂ければ、たちどころに士気が上がり、敵を討ち平らげましょう」

慶喜は、それを待ちかまえていたかのように胸を張った。

「よし、これより出馬せん。皆々、用意にかかれッ」

そのとたんに広間に大歓声が満ち、それぞれが家臣の待つ場所に、いっせいに散った。

御座所に向かおうとする慶喜に追いすがって、容保は強い口調で聞いた。

「上さま、お風邪は、もうよろしいのですね」

くどいとは思ったが、二度と仮病は通用しないぞと、釘《くぎ》を刺したのだ。

慶喜には、今ひとつ信用ならないところがある。何を考えているのか、読みきれないのだ。

すると慶喜は片頬を緩めた。

「案ずるな。すっかり治った」

容保は会津藩に振り分けられた広間に急いだ。

小姓の浅羽忠之助が先に立ち、広間前の廊下で声を張り上げる。

「殿のお成りッ、殿さまのお成りでございますッ」

襖が次々と全開になり、暗い廊下に行灯の薄明かりが届く。

広間の中では、急いで身を起こす気配がした。

今も藩兵たちは前線に出て、敵からの攻撃に備え続けている。広間に残っているのは、交代要員と怪我人ばかりだ。

容保が足を踏み入れた時には、おびただしい数の藩士たちが隅々まで平伏していた。

誰もが着物は泥にまみれ、髷も乱れている。重苦しい空気の中に、血の匂いが漂う。半数近くが怪我人だった。

容保は逸《はや》る気持ちを抑えて、大きく息を吸ってから、思い切り声を張った。

「皆々、顔をあげよッ」

衣擦《きぬず》れの音がして、いっせいに上半身を起こす。

容保は片方の拳を高々と掲げて告げた。

「たった今、上さまからご命令がくだったッ。上さま直々にご出馬なさるゆえ、これより出陣の支度にかかれとのことだッ」

言い終えた途端に、重苦しい空気は一変し、安堵《あんど》の歓声がわいた。

ある者は座ったまま、今にも泣かんばかりの顔を見合わせ、あるいは中腰になって肩をたたき合う。

「これで反撃じゃッ」

「待ちに待った将軍さまのご出馬だッ」

容保自身、思わず笑みがこぼれた。家臣たちの喜びが何より嬉しい。

ふと気づくと広間の片隅で、ひとりが前のめりになって激しく咳《せ》き込むのが見えた。頭に白いさらしを巻いている。

藩医が手を貸して、かろうじて起き上がらせていた。重傷者に違いなかった。

すぐさま容保は、そちらに足を向けた。

逸早《いちはや》く動きに気づいた浅羽が、急いで先に立ち、居並ぶ藩士たちに行く手を開けさせる。

まだまだ興奮冷めやらぬ中、容保は広間を突っ切って、怪我人に近づいた。

男は容保に気づくなり、医者の手を振り払って、なんとか平伏しようとする。

よく見ると、さらしは頭だけでなく、喉元にも巻かれ、大きく血に染まっていた。

顔面と喉に銃弾を受け、血が気管に入り込んでむせるらしい。いかにも苦しげで、顔は土色だ。

容保は、かたわらに片膝をついて屈《かが》んだ。

「横になって楽にせよ」

さらしの隙間から襟元にかけて、真っ赤な血が流れ落ちる。動いたために傷口が開いてしまったらしい。

容保は男の手首をつかんだ。

「今の話が聞こえたか。上さまがご出馬なさるのだぞ。これで味方の勝利は疑いない」

かすかに男はうなずくだけで、声が出せない。

藩医が目配せをした。もはや助かる見込みはないらしい。

容保はいたわりを口にした。

「よく戦ってくれた。これほどの怪我を負ったのは、雄々しく戦った証《あかし》だ。会津で待つ家族たちも、さぞや喜ぶであろう」

男の目に涙が浮かび、くちびるがかすかに動いた。

「もったいない仰せで、ございます」

やはり声にはならないが、そう言うのが伝わりくる。

だが、ふたたび男は激しく咳き込み始めた。ふたたび前に突っ伏して肩を震わす。

畳に血が滴り落ち、それが血溜《ちだ》まりになって広がっていく。

ほどなくして咳も震えも止まった。容保がつかんでいた手首から力が抜け、ことされていた。

気がつけば、すでに広間の興奮は収まり、大勢の視線が、こちらに向いている。

容保は力強く立ち上がり、もういちど拳を掲げて、大声で言い放った。

「この三日間、道端で戦死した者も大勢いる。その屍《しかばね》を葬ってやることも、いまだできない。だが尊い死を無駄にはせぬ。これから全身全霊をかけて反撃に出るのだッ」

さきほどにも増して大きな歓声がわく。

「夜明け前には出陣になるぞッ。さあ、おのおので支度を始めよッ」

いっせいに立ち上がった。

ある者は銃を手に取り、ある者は革製の火薬入れを確かめる。一気に慌ただしさが広がった。

その時、浅羽が近づいてきて言った。

「上さまから、ご伝言がございました。これから出陣の詳細を打ち合わせなさるので、急いで御座所に来るようにと」

容保は気軽に答えた。

「わかった。すぐに参ろう」

そして浅羽とともに、ついさっき来たばかりの廊下を、また足早に戻った。

御座所に着くと、部屋の一隅に百目蠟燭《ひやくめろうそく》が灯《とも》り、慶喜のほかに、主だった顔ぶれが揃っていた。

定敬をはじめ、老中や大目付、外国奉行など、七人ほどの大名や旗本だ。

慶喜はみずから手招きをして、一同を車座にさせ、声を潜めた。

「近《ちこ》う寄れ。話が外に漏れてはならぬ」

容保が率先して身を寄せ、ほかがそれに倣《なら》った。

慶喜は、さらに小声で言った。

「どうやら城内に間諜《かんちょう》が紛れているらしい。ここ三日、こちらの動きが、敵に読まれている。小姓たちも信用ならぬゆえ、それぞれの広間に返した」

容保は首を傾《かし》げた。

浅羽忠之助は何代も続く会津藩士の家系で、万にひとつも寝返りの心配などない。なのに信用できないなどと疑われて、勝手に返されようとは、少し不本意だった。

そっと周囲を見まわすと、定敬はもちろん、老中たちも不審顔を見交わしている。誰もが同じ思いに違いなかった。

とはいえ端《はな》から文句を言うわけにもいかず、皆、黙り込んでいる。

慶喜の顔の片面だけが、百目蠟燭の炎に照らされ、影が揺れる。形のいい口元が動き、ささやくように話す。

「ここも危うい。どこから聞かれているか、わからぬゆえ、今から場所を変える。ただし」

一同を睨《ね》めまわしてから、ゆっくりと言葉を続けた。

「ただし、これから移動する間、いっさい言葉を発してはならぬ。どこに行くのか、間諜にさとられぬように」

静かなる威圧感の前に、七人全員が緊張の面持ちでうなずく。

慶喜は音も立てずに立ち上がり、みずから襖を開けた。

そこで振り返って、まず容保に視線を据えて手招きをし、先に畳敷きの廊下に出た。

急いで容保が続き、定敬や老中たちも後を追う。

廊下には将軍づきの小姓が、ふたり待っており、手燭《てしょく》を掲げて先に立つ。

静まり返った廊下に、自分たちの足袋《たび》が畳をする音だけが響く。

遠くから亥《い》の刻《こく》の鐘が聞こえた。

いくつもの座敷前を過ぎ、いつしか本丸の裏玄関に至った。履物が揃えられており、そのまま外に出た。

まだ春浅く、夜風が冷たい。夜空には細めの半月が浮かび、小姓たちは手燭を提灯《ちょうちん》に持ち替えた。

どこまで行くのだろうと、容保は怪訝《けげん》に思いながらも、慶喜の背中を見つめて歩き続けた。

どうやら北に向かっており、内堀にかかる極楽橋を渡った。

太鼓橋の頂上で、容保は思い切って慶喜のかたわらに進み出て、小声でたずねた。

「いったい、いずこへ？」

慶喜は厳しい表情で首を横に振った。黙れと言わんばかりの態度だ。

だが容保は引き下がらなかった。

「橋の上なら、間諜の耳もございません。どうか、いずこに参るか、それだけは、お知らせください」

だが慶喜は前を向いたままで答えず、早足を緩めようともしない。

容保は不審に思って重ねて聞こうとした。

「橋の上なら」

すると厳しい声が返ってきた。

「黙ってついて来るようにと、申したであろう」

納得はいかないが黙るしかない。

後ろを振り返ると、皆、一様に戸惑い顔でついて来る。

たちまち橋を越えてしまった。

そこからは内堀沿いを西に向かった。まったく人通りはなく、石灯籠《いしどうろう》の灯《あか》りが暗い水面《みなも》に反射するばかりだ。

ほどなくして京橋口門に至った。ここを通れば城外に出る。

明日の戦略を練る場所が城外とは、いよいよ妙だった。

京橋口は守りの固い枡形門《ますがたもん》で、昼夜かかわらず勤番が警備についている。

身分を明かして通るのが当然だが、先に立っていた小姓が、勤番頭《きんばんがしら》に言うのが聞こえた。

「小姓の交代だ」

相手は何も疑問を抱《いだ》かなかったらしく、すんなりと潜《くぐ》り門《もん》を明けた。槍を手にしたまで会釈し、一同を通す。

門を出た先は、外堀にかかる京橋だ。

容保は渡りながら、ふいに神保修理の提言を思い出した。もしかしたら将軍は、全軍で江戸に引くつもりではないか。

全軍江戸帰還など、猛反対も予測できるし、おいそれとは口にできない。

だからこそ、こんな手間暇かけて、内々に相談しようとしているのではないか。

それにしても城外にまで出て、どこに行こうというのか。この先、内談できる場所などありそうにない。

その時、容保の心中に、さらなる疑惑が生じた。

もしかしたら慶喜は、このまま少人数で江戸に帰ってしまうつもりなのではないか。

しかし、すぐに否定した。そんなことはありえない。つい一刻前に、慶喜は出馬を確約したのだ。

今や全軍で出陣準備にかかっている。江戸に帰還するのなら、彼らに告げて、こぞって撤退しなければならない。

容保の疑惑をよそに、なおも慶喜は黙々と歩き続ける。

城外には武家屋敷の海鼠塀《なまこべい》が続き、犬の遠吠《とおぼ》えが聞こえた。

気づけば淀川沿いに出ていた。川沿いの石灯籠の灯りで、天満橋《てんまばし》が見える。

その南詰を過ぎた時に、ようやく慶喜の足が止まった。そこは八軒家浜《はちけんやはま》と呼ぶ船着場だった。

昼間なら、おびただしい数の川舟が荷を満載して行き交う。

だが今は、黒々とした川面を覆いつくすように、何艘《なんそう》もの空舟が、並んでいる。

その中の二艘の船尾に、それぞれ船頭が立っていた。

慶喜が振り返って、容保たちに短く命じた。

「乗れ」

ふたたび疑惑がわいた。

やはり将軍は、このまま江戸に帰ろうとしているのではないか。

ここから淀川を下って海に出れば、天保山《てんぽうざん》沖に幕府艦隊が投錨《とうびょう》している。

ペリーの黒船来航後、幕府は長崎に海軍の伝習所を開いた。欧米列国と同等の海軍を持つために、オランダ人を招いて、蒸気船の動かし方や、大砲の撃ち方を習得したのだ。

以来十数年で、まがりなりにも幕府海軍と称せるほどの洋式軍艦を保有するに至った。

これから慶喜は、その中の一隻に乗り込んで、江戸に向かうつもりではないか。

船頭が川舟から手を差し出す。その手を借りて乗り込めと、慶喜が指示する。

容保は思い切って言葉を発した。

「お待ち下さい」

そして一歩、詰め寄った。

「どこにおいでになるのですか。これ以上、黙ってはいられません。どこに行くのか、お聞かせくださいッ」

すると慶喜は、あっさりと答えた。

「舟で話す。水の上ならば、誰にも聞かれぬゆえ」

だが容保は引かなかった。

「ならば城内の広場でもできます。篝火《かがりび》を焚《た》いておけば、周囲に人影が近づいた場合でも、すぐにわかります」

「いや、舟の方が万全だ」

「されど舟では時間がかかりすぎます。早く戻らねば、出陣の準備が遅れます」

「かまわぬ」

断言する慶喜に、容保の疑惑が確固たるものになった。

「もしや上さまは、軍艦で」

言葉の途中で胸ぐらをつかまれた。

そのまま強く押され、思わず後ずさった。ずるずると押され続けて、一同から引き離された。

今までに見たこともないほど、慶喜の顔が険しくなっている。それが目前に迫り、押し殺した声で言う。

「黙って舟に乗れ」

だが容保は首を横に振った。

「乗りません。上さまは江戸に」

また言いかけたところで、今度は首に左手がかかった。

強く喉を押さえつけられて声が出ない。

「そなたは、黙って舟に乗ればいいのだ」

もはや江戸帰還の意図は疑いようがない。

容保は顔を横に振り続けた。

すると慶喜は左手で首を押さえたまま、右手を放し、懐から小型のピストルを取り出した。

背後の大名たちからは見えないように、背中で巧みに隠している。

容保は鼻先で笑った。なんとか、かすれ声が出た。

「命など、惜しむものですか」

撃てばよいと、あえて顎先であおった。

だが慶喜の次の行動は、思いもかけないものだった。

片手でピストルの安全装置を外し、そのまま銃口を自分自身の左胸に向けたのだ。

「そなたの命は惜しまずとも、将軍の命は惜しむであろう」

一瞬で総毛立った。

今、将軍に死なれたら、幕府軍は要《かなめ》を失い、総崩れになる。

慶喜は切羽詰った声で命じた。

「何も言うな。ひと言でも発すれば、このまま引き金を引く」

その時、定敬が背後から忍び寄ってきた。異変を察して、慶喜の背中に襲いかかろうとしている。

定敬が腕を伸ばして、身がまえた時だった。

一瞬早く慶喜が気づき、素早く銃口を容保に向け変えた。

定敬が立ちすくむ。兄を人質に取られては、どうすることもできない。

慶喜は顎先を動かして、定敬をかたわらに招いた。定敬は、おそるおそる近づく。

脇に立つのを待って、ふたたび慶喜はピストルを持ち替え、銃口を自分の左胸に突きつけた。

定敬も息を呑み、目を見張った。将軍が将軍自身を人質にした意味を、すぐさま理解していた。

慶喜がささやく。

「いいか、そなたたちが口をきいた刹那《せつな》に、この引き金を引く」

そして右手でピストルを持ったままで、ゆっくりと着物の前合わせの中に差し入れた。

懐中でも銃口は左胸に当てられている。

「ずっと、こうしている。そなたたちは私から離れてはならない。口をきいてもならぬ」

それから目で川舟を示した。

「ふたりとも前の舟に乗れ」

有無を言わせず、定敬を乗り込ませる。容保は後に続くしかなかった。

ほかの大名たちは不審顔だ。さすがに何か変だとは勘づきながらも、舟で話をするものと、まだ信じているらしい。

容保にしても、もし神保の話がなければ、よもや江戸帰還など思いつきもしない。

大名たちは命じられる通り、二艘目に乗り込んだ。

容保と定敬の目の前に慶喜が乗り、最後に片方の小姓が、こちらの舟縁《ふなべり》を乗り越えた。

船頭が櫓《ろ》で岸辺の石垣を押し、二艘は深夜の淀川を下り始めた。


深夜の海は、予想外に波が高かった。

川舟の舳先《へさき》が大波に乗り上げ、乗り越えたとたんに急降下する。

両舷《りょうげん》から水飛沫《みずしぶき》が襲い、転覆せんばかりの揺れが、延々と繰り返される。

寒さに船酔いが加わり、たちまち全員、気分が悪くなった。

船頭が櫓を漕《こ》ぎながら、潮風に負けまいと声を張り上げて聞く。

「御公儀の御軍艦は、どの辺りでしょうか」

小姓が答えた。

「天保山沖だ。開陽丸に横づけしてくれ。舳先に大きな葵《あおい》の御紋が掲げてあるから、すぐにわかる」

開陽丸は幕府がオランダに発注した、世界最大級の軍艦だ。

新造船として去年三月に横浜に届き、五月には幕府艦隊に加わって、以来、旗艦を務めている。

しかし川舟から天保山沖を眺めると、半月に照らされて、巨大な船影が何艘も見える。どれが開陽丸か見当がつかない。

ひと月前に神戸が開港して、各国の軍艦が来航していた。

開港の祝賀という名目だが、その実、日本で内乱が起きたら介入して、漁夫の利を得ようと狙っている。

容保は、このまま開陽丸が見つからないようにと願った。ひとたび軍艦に乗せられてしまったら、もう大坂城には戻れない。

慶喜が船酔いと寒さで、息も絶え絶えになりながらも、小姓に言った。

「立石《たていし》、外国船でもよい。とにかく、ひと晩だけ過ごして、朝になってから開陽丸に乗り移ろう」

さっきから立石とか、斧次郎《おのじろう》とか呼んでいる。

立石斧次郎は船頭に指示して、一隻の軍艦に近づけさせた。

やはり葵の御紋はついていない。

船腹を強くたたいて合図すると、はるか上の甲板から西洋人が顔を出した。

立石は外国語で、西洋人とやり取りをしてから、慶喜に言った。

「これはアメリカの軍艦です。開陽丸の場所を聞いてみましたが、わからないと申しています。とにかく甲板に上げてもらえるように頼みました」

ほどなくして縄梯子が投げられた。それにつかまって、ひとりずつ甲板まで昇った。

あちこちにランプが灯って、甲板全体が明るい。

立石はアメリカ人に事情を話している。これはただの小姓ではないと、容保は気づいた。

妙に外国人慣れしているし、外国語が流暢《りゅうちょう》すぎるのだ。軍艦についても詳しそうで、英通詞《えいつうじ》か海軍士官に違いなかった。

しばらくすると大柄な艦長が、満面の笑みで甲板に現れた。

大袈裟《おおげさ》な身振りで、ひとりひとりと握手をする。こちらが将軍の一行だと伝わったらしい。

船内の貴賓室が二部屋、提供された。

慶喜は容保と定敬を自分の部屋に同行し、ほかの大名たちとは別室になった。

さすがに老中たちが部屋の前で騒ぎ出した。

「上さま、これは、どういうことですかッ。何故《なにゆえ》に、このような異国船に」

だが慶喜は相手にしない。

容保と定敬を部屋に押し込んで、自分も入ってしまうと、後ろ手で扉の鍵をかけてしまった。

三人だけになるなり、慶喜は倒れ込むように寝台に腰かけた。

懐から右手を出したのを見極めて、容保が挑戦的に言った。

「通詞まで連れておいでとは、何もかも予想していたのですね」

江戸に向かうために、開陽丸に乗り込むことはもちろん、船影が見極められなかった場合まで想定したうえで、立石を同行していたのだ。

だが慶喜は返事をしない。

容保は苛立《いらだ》った。

「江戸に帰って、いったい、どうなさるおつもりです？」

慶喜は面倒くさそうに口を開いた。

「江戸で軍勢を立て直す」

「なぜ、そのようなことを決められたのです？　まして、この人数で帰るとは」

「そなたの家中の者の申し出を、用いただけのことだ。あの総髪の者が、江戸に帰れと勧めたであろう」

「神保修理の上申ですか」

「そのような名だったかもしれぬ」

苛立ちが怒りに変わった。

「わが家中のせいにしないで頂きたい。神保が上申は致しましたが、その時、上さまは、お取り上げになりませんでした」

「あの時は江戸に帰る必要はなかった。だが状況が変わったのだ」

「どのように？」

「薩長が官軍になった」

「あれは向こうが優勢になったからです。上さまが出馬されて戦えば、こちらが勝利します。勝った側が官軍になれるのは明白です」

「いや、恐れ多くも、いったん勅《みことのり》が下ったからには、容易には撤回できない」

「それは偽勅です。今までにも偽勅など、何度も出ています。こちらが力を示せば、すぐさま化けの皮をはがせます」

いくら言葉をつくしても、慶喜は首を横に振るばかりだ。

「このままでは、こちらは朝敵になる。それだけは避けねばならない」

「それも、この三日間で負けたからです。勝てば撤回できます」

すると慶喜は、とうとう黙り込んでしまった。

容保は、なおも説得を続けた。

「今すぐ大坂城に戻りましょう。家臣たちが待っています」

だが返事はない。

定敬が初めて口を開いた。

「上さまは江戸で軍を立て直すと仰せですが、このまま全軍を置き去りにするおつもりですか」

将軍が消えたら、幕府軍は要を失って総崩れになる。

しかし慶喜は当然とばかりに答えた。

「われらがいなくなれば、全軍、江戸に引き上げるしかなくなる。それでよい」

すぐに容保が食ってかかった。

「それでは将軍としての責任は、どうなるのですか。われらとて家臣を置き去りにするわけには、まいりません」

声が高まる。

「江戸に帰られるなら、なぜ、ひとりでお逃げにならないのですかッ。なぜ、われらまで巻き添えに？　どうせなら、われら兄弟も置き去りにして頂きたいッ」

「いや、そなたたちを大坂に置いておけば、官軍と戦うであろう。そうさせぬために連れてきたのだッ」

慶喜は早口で言い立てる。

「そもそも会津と桑名が戦うと言い張ったから、このようなことになったのではないか」

容保は聞き返した。

「このようなこととは？」

「敵が官軍になったことだッ」

「それも、われらのせいだと仰せですかッ」

「その通りだッ。そもそも私は戦う意志などなかった。話し合いで収められるはずだったッ」

「もとから不戦のお覚悟だったのなら、なぜ最初から、それを通されなかったのですかッ」

「だから今、通している。われらが江戸に帰りさえすれば、何もかもうまくいくッ」

容保は返す言葉を失った。


朝を迎えると、慶喜はアメリカ軍艦から開陽丸に使者を送ってもらい、小舟で迎えにこさせた。

開陽丸は巨大だった。広大な白木の甲板から、三本の帆柱が早春の空に向けて高々とそびえ立つ。

それぞれの帆柱に、また三本ずつ帆桁《ほげた》が交差し、甲板や船縁との間に、無数の麻綱が張り巡らされている。

甲板の中ほどに煙突があり、その下に最新鋭の蒸気機関が収まっているはずだった。

大砲も巨大な鉄製で、舳先から船尾まで、ずらりと並んでいる。

甲板のみならず一階下にも、小窓が並んでおり、それぞれから黒い砲口がのぞいていた。

一行が揃うと、沢太郎左衛門《さわたろうざえもん》という副艦長が、緊張の面持ちで出迎えた。

「ただいま榎本《えのもと》艦長が上陸中で、私が留守を預かっております」

艦長は榎本武揚《たけあき》といって、沢ともどもオランダ留学の経験がある。ふたりともオランダで開陽丸が完成した後、そのまま乗船して帰国を果たしていた。

慶喜が命じた。

「艦長がいなくても、いっこうにかまわぬ。今すぐ江戸に向けて出航せよ」

だが沢は強気で拒んだ。

「私は副艦長です。命令は榎本艦長からくだされるもので、いくら上さまの仰せでも、拝命はできません」

容保は心強く感じた。

いくら将軍でも軍艦は動かせないし、軍艦が動かなければ、江戸には帰れない。ならば大坂城に戻るしかない。

しかし慶喜の方が一枚上手だった。

「ならば将軍として任命しよう。沢太郎左衛門、たった今から、そなたが開陽丸艦長だ」

容保は息を呑んだ。

沢自身も周囲の士官たちも、思いもかけなかった展開に驚くばかりだ。

それでも沢は、せいいっぱいの反抗を示した。

「この艦は蒸気機関が巨大ですので、これから罐《かま》に火入れして、蒸気を焚き上げるまでに時間がかかります。江戸までの食料や水を載せるのも、すぐにはできません」

「ならば今すぐ火を入れて、できるだけ早く江戸に向かえ。よいな」

もはや沢に拒否はできなかった。

容保は船室に連れて行かれる前に、周囲の海上を見渡した。

大小の帆掛け船のほかに、日の丸をはためかせた洋式軍艦が何隻も浮かんでいる。日の丸は幕府軍艦の旗印だ。

薩摩藩や長州藩も洋船は持っているが、家紋などの独自の旗印を使っている。

夜には見分けがつかなかったが、幕府艦のほかは、星条旗を掲げたアメリカ船や、三色旗のフランス船などの外国船ばかりで、薩長の船は一隻もない。

今、大坂湾の制海権は薩長にはない。たとえ諸藩の軍艦が来航したところで、開陽丸から比べれば小型船ばかりだ。海戦になれば、勝敗は見えている。

実際、鳥羽伏見の戦いが始まる前に、薩摩藩の軍艦二隻が大坂湾に入ってきて、幕府艦隊から攻撃を受けた。

一隻は逃走したが、もう一隻は逃げ切れないと観念して、みずから船体に火を放って自沈していた。

ここで戦闘が長引けば、薩長側は兵糧《ひょうろう》も武器弾薬も足りなくなる。追加をしたくとも、船で運び込めない。陸路で運べる量など知れている。

いくら鳥羽伏見で一時的に不利になっても、幕府艦隊が大坂湾を抑えている限り、幕府側の勝利は固かった。

ここで江戸に逃げる必要など、まったくない。容保はくちびるを嚙《か》みしめた。

今度は、定敬とふたりだけで船室をあてがわれ、外から鍵をかけられた。囚人扱いも同然だった。

狭い船室で、容保は寝台に腰掛け、弟に向かってつぶやいた。

「上さまは何もかも企てておいでだったのだな」

定敬は太い眉を寄せて聞いた。

「何もかもとは？」

「艦長の榎本が上陸中なのも、たまたまではなかろう。おそらくは上さまが上陸せよと、あらかじめ命じておいたのだ」

榎本武揚は向こう気が強く、幕府の旗本の中では屈指の主戦派だ。それが開陽丸に残っていたとしたら、いくら将軍直々の命令でも、突っぱねるに違いない。

「副艦長を艦長に格上げする手も、前から考えていたのだろう」

そうでなければ突然、そんなことを思いつくはずがなかった。

「そこまで周到に企てられたら、もう手も足も出せぬ」

容保は悔しさで、両拳を強く握りしめた。

すると定敬が疑問を口にした。

「それにしても、なぜ上さまは、そこまで江戸にこだわるのでしょう」

「朝敵にされるのが恐ろしいのだ」

「でも家臣を置き去りにするなど、私には考えられません」

容保は諦めの気分で言った。

「上さまの本質は武家ではなく、公家なのだ。有栖川宮《ありすがわのみや》家の外孫であることを、何より誇りにされている。だから朝敵という言葉に、過剰に反応なさるのだろう」

徳川慶喜の父は水戸徳川家の前藩主、斉昭《なりあき》だ。そこに京都から嫁いできて、慶喜を産んだのが、有栖川宮家の内親王だった。

「ありていに言えば、公家は長い歴史の中で生き延びてきただけあって、保身に長《た》けている。だから平気で二枚舌も使う」

　今までも慶喜は前言を撤回したり、土壇場で逃げたりして、何度も周囲が振りまわされてきた。

　そのつど容保はこらえたが、敵前逃亡まで図ろうとは考えも及ばなかった。

「おまえが相手だから、こんなことも話せるのだが」

　容保は改めて弟の顔を見た。

「上さまは武士の風上にも置けない方だ。だが公家なのだと思えば、今度のやり方も理解できる。ただし」

「ただし？」

「このことは内密にしておこう」

「なぜですか」

「これから江戸に帰り、全軍を立て直さなければならない。その時こそ上さまには、要になって頂かなければならない。だから将軍としての信頼を失うわけにはいかぬ」

　定敬は不満顔ながらも、黙ってうなずいた。

「定敬、昨日、上さまがピストルでご自身を人質にして、われらを意のままに操ったことも、ふたりだけの秘密だ」

　そんな卑怯《ひきょう》な手を使ったことが、もし広く知られれば、従う者はいなくなる。

「でも兄上、江戸に逃げ帰った将軍というだけでも、もう誰も信用しないでしょう。われらが黙っている意味などありません。黙っていれば、われらが腰抜けで、卑怯な将軍の言いなりになったと思われてしまいます」

そうだとしても容保は、主《あるじ》と仰ぐ将軍の卑怯なふるまいを、自分の保身のために公言する気にはなれない。

「私は、どう思われてもよい。そなたは私に脅されて、連れてこられたことにせよ」

「兄上、なぜに、そこまで将軍をかばうのですか」

「江戸で再起を図りたいからだ。こうなったからには江戸で軍を立て直し、武力を背景にして敵との交渉に望むなり、もう一戦、交えるなりして、偽官軍の化けの皮をはぎたい」

「でも」

「将軍の江戸帰還は、私がお勧めしたことにしてもよい。実際、上さまは、神保修理の勧めに従ったと仰せだった」

定敬が心配顔になった。

「でも兄上が悪役になれば、神保はもちろん、会津藩全体が悪役扱いされてしまいます。それは避けるべきではないでしょうか」

確かに、その通りだった。

家中を背負う立場にある限り、安易に将軍の尻拭いなどすべきではない。自分や神保が糾弾されるだけでは済まなくなる。

容保は昨夜の光景を思い出した。

鳥羽伏見の戦いで、せいいっぱい戦って負傷した家臣が、目の前で息絶えた。彼らの誇りを傷つけるわけにはいかない。

容保が京都守護職を務めていた間に、十四代将軍、徳川家茂《とくがわいえもち》が病没した。それから半年後に孝明《こうめい》天皇が崩御した。容保を誰よりも信頼してくれた天皇だった。そのつど容保は後ろ盾を失い、足元の砂が少しずつ崩れていくような不安に襲われた。

そして今、高い崖の縁にまで追い込まれている。

開陽丸が抜錨した瞬間に、容保は崖下へと転落する。下手《へた》をすれば、会津藩ごと転落しかねない。

それを避ける手立ても、崖下から這《は》い上がる術《すべ》も、今は見つけられない。

そもそも足元の崩壊は、六年前に松平春嶽《まつだいらしゅんがく》から京都守護職の打診を受けた時から、始まっていたのかもしれなかった。

# 二章　左近衛中将

容保が生まれたのは、天保《てんぽう》六年の末、江戸四谷にある高須藩《たかすはん》、松平家の上屋敷だった。高須藩の領国は、伊勢湾から木曽川《きそがわ》と揖斐川《いびがわ》の間を、五、六里ほどさかのぼった辺りで、石高は三万だった。

小大名ではあるものの、尾張《おわり》徳川家の支藩であり、本藩に跡継ぎがない場合、養子を出す家柄だ。

六男だった容保は、幼い頃から兄たちともども、実父に言い渡されていた。

「おまえたちは、いずれ、どこかの大名家の養子になる」

尾張徳川家はもとより、各地の親藩である松平家などに養子にいく話があり、容保は幼心にも当然のこととして受け入れていた。

その後、容保の養子先は会津藩と決まった。高須松平家と会津松平家とは、浅からぬ縁《えにし》があると聞いた。

それは祖父の義和《よしなり》にさかのぼる話だった。もともと義和は、水戸徳川家の次男として生まれ育ったが、高須松平家に養子に来ることが決まった。

ただ、若くして侍女との間に子を設けていた。しかも男児で、その存在が高須松平家に知られれば、厄介なことになる。

そこで男児は、密《ひそ》かに会津松平家に引き取られ、実子として育てられた。彼は長じて八代目の会津藩主となった。

一方、義和は高須松平家に来てから、正室との間に子をなし、それが六代高須藩主となった。その息子が容保だ。

だから八代会津藩主と六代高須藩主は、腹違いの兄弟だった。容保から見れば、八代会津藩主は伯父《おじ》に当たる。

容保は十二歳の時に、いよいよ会津松平家に養子にいくことになった。

別れに際して実父から、くれぐれもと厳命された。

「これからは会津の家訓を守って生きよ」

高須藩上屋敷のある四谷は、江戸の西の町外れに近い。一方、会津藩上屋敷は江戸城の和田倉門内にある。石高は二十三万石で、明らかに家格が上だった。

四谷から和田倉門まで、立派な塗駕籠《ぬりかご》に揺られていった。

心細かったが、伯父であり、養父となった松平容敬《かたたか》が温かく迎えてくれた。

「そなたを見て、家中の者たちも、たいそう喜んでいる。お子柄がよいと申してな」

子柄がいいとは、見た目がよく品もあり、賢そうだというくらいの意味らしかった。

容敬は主だった家臣たちを引き合わせてくれたが、次々とかしこまって現れて、容保には誰が誰やら把握しきれない。

そんな中で妙に印象に残る若い男がいた。

小柄で小太り、二重まぶたの目がぎょろぎょろと大きく、団子鼻で、顔のひとつひとつの作りが大きい。

「この者は西郷頼母《さいごうたのも》と申してな。そなたよりも五つ上の十七だ」

容敬は笑いながら紹介した。

「陰で三尺達磨《さんじやくだるま》と呼ばれている。言い得て妙であろう」

すると頼母自身が、はいつくばって言った。

「三尺達磨の西郷頼母でございます。どうか、お見知りおきくださいませ」

容保も思わず笑いだした。まさに達磨を思わせる顔立ちと体型だったのだ。

「殿の笑顔を拝見できて、達磨も嬉《うれ》しゅうございます」

容敬は、もうひとつ冗談を言った。

「頼母という名の通り、頼もしい男だ。そなたが家を継ぐ頃には、家老になっていよう。頼みにするとよいぞ」

西郷家は千七百石取で、父親は家老を務めており、いずれは頼母が継ぐという。

ほどなくして容敬は、参勤交代の時期を迎えて、国元に帰っていった。

留守居役の家臣たちは、たいがい容保に遠慮があって、なかなか距離が縮まらない。

そんな中で頼母ひとりが、まさに頼りだった。

頼母は大事な家訓を教えてくれた。

「これが会津の掟《おきて》でございます」

十五条からなる家訓で、初代藩主、保科正之《ほしなまさゆき》が定めたものだという。

第一条は、こう始まっていた。

「大君の儀、一心大切に忠勤を存すべく、列国の例を以《もっ》て自ら処《お》るべからず。若《も》し二心を懐《いだ》かば、即《すなわ》ち我が子孫に非《あら》ず、面々決して従うべからず」

大君とは将軍のことであり、ひたむきに忠義をつくせという。

他藩を真似《まね》て勝手に取り計らってはならない。もし裏切るようなことがあれば、わが子孫ではないので、そんな藩主に家臣たちは従ってはならない。

それほど言葉をつくして、徳川将軍家への絶対服従が定められていた。

第二条は「武備はおこたるべからず。士を選ぶを本《もと》とすべし。上下の分を乱るべからず」とあり、武力による備えを奨励していた。

第三条以降は兄弟の仲や、法を守るなど、細かい指示が列記されていた。

容保は全文を暗記し、学問や武術に打ち込んだ。

養父の容敬は江戸に参勤してくるたびに、容保の成長に目を細めた。

容保は十七歳になった嘉永《かえい》四年に、初めて国元におもむいた。

江戸から同行してきた頼母が言った。

「若きお世継ぎのお国入りに、家中のみならず、下々までもが大喜びでございます」

容保は信じがたかった。家臣たちも民百姓も遠慮するばかりで、喜んでいるとは思えなかったのだ。

「皆々、若さまの前で笑ったりしては申し訳ないと、生真面目《きまじめ》な顔をしておりますが、われらの若さまは天下一の殿さまになられようと、手を打って喜んでおります」

頼母の言葉には妙に実感がこもっていて、ようやく安心した。

会津滞在中は藩校の日新館《にっしんかん》に出向き、同年代の藩士子弟が文武両道に励んでいる姿を見て、容保は感心した。

「家訓の二条が、きちんと守られているのだな」

すると頼母が胸を張った。

「その通りでございます。会津の武芸は、よそにはないほど厳しゅうございます。ならば上に立つ者は、なおさら頑張らねばなりますまい」

容保はうなずき、いっそう鍛錬に向かった。

追鳥狩《おいとりがり》という大規模な軍事訓練も行うことになった。大勢で山野に出かけ、動物を追い立てて弓矢で射る団体競技だ。

八代将軍吉宗の頃に盛んだったという。その影響で、当時は会津でも、たびたび開催されたが、費用がかかることから、次第に下火になっていた。

それが十年ほど前に水戸で再開された。名君と名高い徳川斉昭が、騎馬三千、雑兵《ぞうひょう》二万という思い切った規模で行い、天下の耳目を集めたのだ。

追鳥狩を容保に勧めたのは頼母だった。

「若君はお祖父《じい》さまの代で、水戸徳川家に連なるお血筋です。会津でもなさっては、いかがでしょうか」

容保は追鳥狩がどんなものか、よくわからなかったが、頼母が勧めるのであればと承諾したのだ。

当日は騎馬で大軍を率い、広大な草地に陣取った。

騎馬の藩士たちが居並ぶ中、法螺貝《ほらがい》の合図で、雑兵たちが鳥や兎《うさぎ》を放つ。それを敵に見立てて馬で追いかけ、弓矢で狙う。

容保自身も馬を駆り、矢を放って、家臣たちと獲物を競い合った。

老いも若きも夢中になって力をつくし、充実した一日を過ごした。

頼母は自分では前に出ないが、年下の家臣たちに指示を送って、うまく獲物を捕らせるのが巧みだった。

容保は帰城する道すがら、頼母と馬を並べて礼を言った。

「よき経験をさせてもらった」

家中で一体感を共有できたのが、最大の収穫だった。

頼母も嬉しそうに答えた。

「殿に喜んで頂けて、何よりでございました」

翌嘉永五年、養父の容敬が他界し、容保は十八歳で会津藩主の座についた。

養父の死は哀《かな》しかったが、頼りにできる家臣は、もう頼母ひとりではなくなっていた。


容保が養子に来た頃から、日本中の沿岸に、異国船の接近が目立ち始めた。

幕府は、特に江戸湾への異国船侵入を警戒し、湾内の警備を、会津藩に命じた。

会津藩では房総半島の富津《ふっつ》に陣屋を設け、番船を揃《そろ》え、一定数の藩士を警備につけた。

対岸の三浦半島には、幕府の出張所である浦賀奉行所がある。

会津藩は奉行所と連携しながら、江戸湾の守りに尽力した。

それが功を奏して、たとえ異国船が近づいていても、浦賀奉行所の役人が強く退却を求めると、比較的、穏便に去っていった。

だが容保が藩主になって間もなく、気になる噂《うわさ》が耳に入った。

ペリーというアメリカ海軍の将が、軍艦を率いて江戸湾を目指してくるというのだ。

噂の出処《でどころ》は長崎のオランダ商館で、信憑性《しんぴょうせい》の高い話だった。

ペリーは今までの異国船とは異なり、そうとう強硬な態度で、開国を求めるという。

十九歳になっていた容保は、事態を重く見て、みずから房総におもむき、番船にも乗り込んで、警備体制を確認した。

そして家訓の第二条「武備はおこたるべからず」を引き合いに、家臣たちを励ました。

そのわずか二ヶ月後に噂が現実になった。黒船来航だ。

ペリーは四隻の軍艦を率いてきた。その中の一隻が、浦賀奉行所の制止を振り切って、江戸湾深く侵入した。

江戸の町の近くまで迫り、さらに百発近い空砲を放った。圧倒的な武力を見せつけて、開国を迫ったのだ。

ペリーは幕府あての書面を渡すと、翌年の再来航を予告して去った。

幕府は再来航に備え、すぐさま品川沖の台場建設に着工。浅瀬を埋め立てて人工島を造成し、大砲を据えつけることにした。

会津藩は房総の警備を解かれ、完成早々の第二台場を任された。まさに将軍お膝元の町を守る役目だった。

台場は品川沖から隅田川沖まで、十一箇所に造成する予定だった。

しかし予定より半年も早く、ペリー艦隊が再来航してしまった。

台場は品川方面の数箇所しか、手がつけられていなかった。

ただし隅田川方面は遠浅で、喫水線の下が深い黒船では座礁の危険があり、侵入はできない。

第二台場だけでも守りの効果はあり、ペリー艦隊は前年のように、江戸の町の近くまで進むことはなかった。

結局、彼らは台場の外側、三浦半島側に上陸して、幕府の全権と交渉した。

全権はペリーの要求を受け入れて、日米和親条約を締結。箱館《はこだて》と下田《しもだ》へのアメリカ船入港を認め、薪水《しんすい》の供給を約束した。

条約が結ばれてしまったからには、もはや台場は不要という意見が、幕府内で急速に広まった。

その結果、十一箇所の予定は大幅に縮小され、六箇所のみ完成させることになった。

この頃から、幕府は弱腰だという批判が聞こえ始めた。

ペリーの再来航に際して、江戸屋敷が海岸沿いにある藩は、それぞれ前浜を警備するよう、幕府から命じられた。

実際に配備についたのは下級武士たちで、かれらは異人の首を挙げて手柄を立てようと張り切った。

なのに幕府は黒船を恐れて、一戦もせずに屈服したと、不平が吹き出したのだ。

台場の計画が大幅に縮小されたことも、大きな不満を残した。

台場の建設費用は、江戸の豪商たちからの献金でまかなっていた。だが大金を出させておいて、半分も造らないのなら、最初から不要だったのではないかと、陰口が江戸の町に広まったのだ。

これが京都へと伝わり、公家や諸大名が、尊王攘夷《そんのうじょうい》という言葉を、しきりに使うようになった。

現状への不満が高じて、みずから脱藩して浪人になる者も急増し、攘夷浪士とか勤王《きんのう》の志士などと称した。

そんな時、容保は家訓の第一条を、改めて家臣たちに説いた。

「大君の儀、一心大切に忠勤を存すべく、列国の例を以て自ら処るべからずだ。ひたむきに将軍に忠義をつくせ。ほかを真似て、勝手に取り計らってはならない」

どれほど幕府批判が高まっても、会津藩からは、浮ついた風潮を真似る者は出なかった。

ペリー来航よりはるか前、容保が十二歳の時のことだ。

会津松平家の跡継ぎに決まり、その挨拶のために、初めて江戸城本丸に登城した。

大広間には、同時期に諸藩の世継ぎに決まった若君たちが集まり、将軍の謁見を待っていた。

その時、烏帽子《えぼし》の紐《ひも》が、するりとほどけてしまい、容保は背筋が凍りついた。いつも衣装の脱ぎ着は人任せで、烏帽子もかぶせてもらう。そのため紐の結び方を知らなかった。

だが、こんな大事な場で、紐がほどけたままでは済まない。

なんとか工夫しようと試みたが、うまくいかない。焦りばかりが先に立つ。

その時、かたわらにいた大柄な男が、小声をかけてきた。

「どれ、結んで差し上げよう」

若君ばかりの中で、その男だけが妙に老けていた。

容保は恥ずかしさと緊張とで、自分の鼓動が聞こえるほどに赤面した。

男は太い指ながらも意外に器用で、ほっそりとした容保のあご下に結び目を作ると、これまた意外なほど優しく言った。

「このようなことは、侍女か小姓がするものじゃ。育ちのいい若君ができなくても仕方ない」

後になって、その男の名前がわかった。井伊直弼《いいなおすけ》だ。

もともと彦根《ひこね》藩主の十四男で、兄弟が多かったこともあって養子先もなく、三十二歳まで部屋住みの身だった。

それが兄の急逝によって、突然、彦根藩の跡継ぎに決まったのだ。

容保とは年齢こそ違うものの、同じ時期に同じ世継ぎの立場となり、江戸城の広間で出会ったのだった。

双方が藩主になってからも、同じ溜間詰《たまりのまづめ》だったため、容保は何かと目をかけてもらった。

容保が青年期を過ぎる頃から、将軍継嗣《けいし》問題が取り沙汰され始めた。

十三代将軍家定が病弱で、跡継ぎの誕生が見込めないため、どこから養子を迎えるかが問題になったのだ。

まず考えられるのは徳川御三家だが、尾張徳川家は高須松平家から養子をもらったほどで、養子に出せるような男児はいない。

一方、紀州徳川家には、十三代将軍家定の従兄弟《いとこ》に当たる少年がおり、井伊直弼は彼を推した。

容保も二十歳《はたち》を過ぎて、この問題に目を向けるようになっており、井伊直弼に賛同した。

そこに譜代大名たちが結束して、紀州派と呼ばれるようになった。容保も主だった顔ぶれのひとりに数えられた。

だが御三家のもうひとつ、水戸徳川家の藩主、徳川斉昭が、息子である一橋《ひとつばし》慶喜を推した。斉昭は大規模な追鳥狩を復活した名君だ。

慶喜擁立に賛同する大名たちが現れ、一橋派と呼ばれて、紀州派と対立した。

かつて水戸藩は、二代藩主だった水戸黄門が、藩の事業として「大日本史」という歴史書の編纂《へんさん》を始めた。

神話の時代から天皇家が始まるという膨大な歴史書で、藩の学者たちが代々引き継ぎ、今なお編纂が続いていた。

その影響もあって、水戸藩では帝《みかど》に対する畏敬の念が強く、もともと尊王攘夷思想は水戸で生まれていた。

一橋派には福井藩主の松平春嶽や、薩摩藩主の島津斉彬《しまづなりあきら》などが加担した。

彼らは慶喜の聡明さや、成人している点を強く主張した。紀州派の推す少年では、心もとないというのだ。

だが一橋派には、もうひとつ別の目論見《もくろみ》があった。親藩や外様の幕府政治への参入だ。

紀州派の譜代大名たちは、石高こそ少ないが、老中や若年寄を務める資格を持つ。

しかし外様である島津家はもちろん、親藩である水戸徳川家や福井の松平家にも、幕閣に加わる資格はない。

本来、幕府の老中や若年寄は、徳川家の家臣が務めるべき役目であり、徳川家の親類である親藩は家格が高すぎるのだ。

徳川幕府が始まって以来、将軍家と諸藩は地方分権で、平穏無事に過ごしてきた。だがペリー来航によって、日本が一致団結して、外国勢力に対抗しなければならなくなった。中央集権への移行が求められ始めたのだ。

一橋派としては、ペリー来航以来の難局は、もはや小藩の譜代大名たちには任せておけない。だから幕府は大掛かりな組織改革をして、親藩や外様の大大名にも幕閣が務められるようにしろ、というのが本音だった。

しかし紀州派にとって、それは横槍《よこやり》でしかなかった。小藩ばかりでも、結束すれば大きな力になる。長い間、平和を保ってきた体制を、突き崩されるわけにはいかなかった。

容保の実兄で、尾張徳川家に養子に出た徳川慶勝《よしかつ》は一橋派に加わって、積極的に慶喜を推した。

この時も容保は家訓の第一条を重視した。

「大君の儀、一心大切に忠勤を存すべく、列国の例を以て自ら処るべからず」

徳川将軍家への忠誠を貫くために、たとえ兄であっても真っ向から対立した。

一橋派との対立において、紀州派の切り札になったのが、井伊直弼の大老就任だった。

緊急時にのみ設けられる大老という役職を復活させ、大きな権力を持たせて、中央集権に向かおうとしたのだ。

まして井伊家の彦根藩は三十五万石で、譜代藩の中では特出している。将軍を補佐して、諸藩に君臨できるだけの大大名だった。

さらに井伊直弼は、容保の烏帽子の紐を結んでくれた通り、心根が優しい。

病気で子供のようになってしまっていた十三代将軍家定は、そんな優しさを敏感に感じ取り、みずから直弼を大老に指名したのだった。

これによって紀州派が勝利を収め、世継ぎは紀州徳川家から迎えられた。

しかし、この頃、幕府は深刻な外交問題も抱えていた。

薪水を提供するだけの和親条約でなく、貿易を始める通商条約を結ぼうと、アメリカから強く求められたのだ。

井伊直弼は本来、開国主義であり、大老として周囲の反対を押し切って、通商条約調印に至った。

容保も江戸湾の海防を担った経験から、開国やむなしという立場だった。

だが一橋派が、すぐさま反撃に出た。

帝の許しを得ずに条約を調印したとして、こぞって江戸城まで出向いて、直弼を糾弾したのだ。

直弼は大老であっても、親藩の水戸藩や尾張藩よりも格下であり、かしこまって非難を受けた。

しかし後日、将軍の名をもって、一橋派に謹慎などの重い処罰を下した。

定められた登城日でもないのに、勝手に城に押しかけてきたことを、とがめ立てしたのだ。

結局、一橋派は動きを止められて、完全な敗北に至った。

これを機に、直弼は安政の大獄に着手した。

彼の使命は将軍の権威復活であり、そのために幕府批判に厳しく対処し、あえて死罪も断行した。

だが、ここに密勅という新たな問題がからみ、いよいよ事態は、ややこしさを増した。

井伊直弼の一連の動きに対して、帝が京都から異議を表したのだ。

帝は開国には絶対反対であり、尊王攘夷の中心である水戸藩を頼りにして、なんとしても攘夷を行えと、密かな命令をくだした。

これが安政五年のことで、その干支《えと》から「戊午《ぼご》の密勅」と呼ばれた。

密勅は条約調印の責任を問うと同時に、幕府の組織改革を求めていた。帝が一橋派に加担したも同然の内容だった。

しかし一橋派の大名たちは、すでに謹慎中であり、時は遅かった。

井伊直弼は謹慎中だった斉昭を、さらに重い永蟄居《えいちっきょ》に処した。同時に、密勅を秘匿するようにと、水戸藩に厳命した。

これを伝え聞いて激怒した水戸藩士の中に、脱藩する者が続出した。そして彼らが桜田門外の変を起こしたのだった。

桜田門外で、井伊直弼の駕籠を襲撃したのは十九人。そのうち十八人までが、水戸の脱藩浪人だった。


事件当時、国元にいた容保に、緊急の登城命令がくだった。

取り急ぎ江戸に出府すると、到着早々、老中が和田倉門内の屋敷に来て頭を下げた。

「なんとか穏便に収まりますように、どうか、お取りはかり願います」

十四代将軍家茂は十五歳になっていたが、心根の優しい直弼に、やはり深い信頼を寄せていた。

そのため、その死を深く悼み、怒りを水戸藩に向けた。紀州徳川家と尾張徳川家に、水戸徳川家へ責任追及の兵を出させるという。

緊急の登城命令は、それについての将軍からの諮問が目的だった。

二十六歳になっていた容保は、井伊直弼亡き後の自分の役割を自覚した。

裃《かみしも》姿で将軍御前の諮問の席に出ると、はっきりと意見を述べた。

「上さまのお腹立ちは、ごもっともと存じます。恐れながら、それがしも悔しさは、人一倍でございます」

井伊直弼と親しかったことは、家茂も知っている。それだけに言葉に重みがあった。

「されど水戸への出兵は、徳川御三家同士で血を流す危機でございます。そこに外国がつけ込むようなことになれば、亡国に至りかねません。なんとか避ける手立てを探しとうございます」

自分に任せてほしいと申し出たのだ。

重い責任を負うことになり、解決できなければ処罰を受けかねない。火中の栗《くり》を、みずから拾いに行く行為だった。

家茂は上座の壇上で、少し迷いはしたが、結局は即時出兵を思い留まった。

「わかった。そなたに任せよう」

すぐさま容保は動いた。

まず市ヶ谷御門外にある尾張徳川家の上屋敷におもむいた。

尾張徳川家では、一橋派に属した兄、慶勝が、すでに隠居謹慎しており、次の藩主は、容保のすぐ上の兄、茂徳《もちなが》が継いでいた。

茂徳とは四歳違いで、特に気心が知れている。ありのままに事情を打ち明けて、賛同を求めた。

すると快く応じてくれた。

「ひとたび上さまからご命令が下ってしまえば、わが家中としては水戸に兵を出さぬわけには参らぬが、できれば事前に、そなたがうまく収めてくれるとありがたい」

続いて容保は、赤坂御門内の紀州徳川家を訪ねた。

「当家では、あくまでも上さま次第でございます。兵を出せと仰せなら、それに従うのみ」

だが尾張藩の状況を伝えると、本音としては出兵したくない様子が垣間見《かいまみ》えた。

徳川御三家といえども、どこも台所事情は楽ではなく、費用のかかる出兵など避けたいのは山々だった。

井伊家の彦根藩上屋敷は、まさに桜田門外にある。井伊直弼の生前、容保は何度も訪ねたことがあり、重臣たちとも懇意にしてきた。

ただし主人を殺されて、悔し涙にくれており、報復を望んでいるのは明らかだった。

容保は言葉をつくして説得した。

「御三家同士の戦いなど、亡き井伊どのが望まれましょうか」

御三家が戦えば、幕府は確実に弱体化する。

「そうなると脱藩浪人たちの思う壺《つぼ》ではありませんか。ここは堪忍が大事です」

すると家老が涙ながらに、容保に任せると承知してくれた。

最後が小石川御門外の水戸藩邸であり、最大の関門だった。

一橋慶喜の兄である慶篤《よしあつ》が、藩主を務めている。彼に事件の責任を認めさせて、密勅を返納させなければならない。

同腹の兄弟ながら、きりりとした慶喜よりも、慶篤は優しげな顔立ちだ。それが困惑顔で言う。

「脱藩した者など、もはや当家には関わりありません。当家には責任はございません」

容保は膝を乗り出して聞いた。

「本当に、そうお思いですか。脱藩を取り締まれなかった落ち度を、お感じにはなりませんか」

慶篤は、いよいよ苦しそうな顔になった。

容保は、その心情を推しはかって、声を潜めた。

「ご家中の者たちが、謝罪を拒んでいるのでございましょう」

藩主の本心としては穏便策を望んでいても、面目を重視する家臣の手前、謝罪できないのだ。

慶篤はうつむいて黙り込むばかりだった。

容保は手を変えた。

「ならば謝罪はともあれ、どうしても呑《の》んで頂きたいことが、別にあります」

慶篤は謝罪せずに済むならばと、顔を上げて聞き返した。

「なんでしょう」

いよいよ本題に踏み込んだ。

「ご密勅を、ご返納ください」

間髪《かんはつ》をいれずに答えが返ってきた。

「それはできません。いったん頂いたものを」

「もちろん帝からご当家宛に、もういちど、ご命令頂けるように取り計らいます。密勅を返納せよと」

その点は、すでに老中と打ち合わせてある。水戸藩と話がつきさえすれば、かならず朝廷から命じてもらえるはずだった。

容保は恫喝《どうかつ》するかのように、あえて声を低めた。

「そもそも、ご当家で、ご勅命を頂いてしまったことが、この騒動をもたらしたのは明らかです」

それからは立て板に水で話し続けた。

「代々の帝は、征夷大将軍《せいいたいしょうぐん》に対して、すべての武家の頂点に立つことを、認めておいでです。ならば帝が将軍にお命じになり、将軍が大名に命じられるのが筋です。ご当家で直接、ご勅命を受け取られたのは、筋違いだったのではありませんか」

帝が密勅を下したことが、事の発端ではあるものの、そこを取り沙汰するわけにはいかない。

ならば受け取った水戸藩の責任を問うしかないし、それは慶篤もわかっているはずだった。

「このままでは、上さまは水戸への出兵を、お命じになります。その時は」

容保は、ひとつ息をつき、改めて言葉に力を込めた。

「わが家中が先鋒《せんぽう》を承ります」

御三家同士の戦いを避けるためには、そうするしかなかった。

「今日、こうして膝詰めで、お話しさせて頂いているお相手と、できれば敵対はしたくありません」

会津藩が武術に熱心で、高い戦闘能力を持つことは、広く知られている。

慶篤も会津藩とは戦いたくないはずだった。

しばらく考え込んでいたが、とうとう小さくうなずいた。

「わかりました。ただ、わが家中にとっては、何より大事なご密勅ですので、少し時間を」

話の途中でさえぎった。

「いえ、今すぐ、ご返答を」

時間を与えれば、家臣の意見を聞くに違いない。そうなると暗礁に乗り上げる。

「今すぐご自身で、ご判断ください。それが、おできになるお立場のはずです」

藩主としての責任を迫った。

「今、返納のお約束を頂けなければ、この後、どのようなことになるかは、お覚悟ができておいででしょう」

幕府を敵にまわせば、どれほどの大軍が水戸を取り囲むか。水戸徳川家滅亡の危機だ。それが慶篤にわからないはずはなかった。

「私は、このお役目をさせて頂きたいと、自分から上さまに申し出ました。正直なところ、たいへんな責任を背負い込みました。それは何故《なにゆえ》か、おわかりになりますか」

慶篤は首を横に振った。

容保は、わずかに頰を緩めた。

「ご当家を、お助けしたいからです」

押しつけがましくないかと案じつつも、今は誠意を伝えたかった。

「水戸は私の祖父の実家でもありますし、私自身、その血筋を誇りに思っております」

すると、とうとう慶篤はうなずいた。

「わかりました。返納せよと、改めてご勅命を頂きましたら、先のご密勅は朝廷にお返しいたします。どうか、わが家中を、お救いください」

容保は心の底から安堵《あんど》した。

江戸城に戻って報告すると、将軍家茂は水戸への出兵を撤回した。

すぐに京都から新たな勅命が届き、それを示すと、約束通り、水戸藩からは勅命が返された。

この結果に井伊家も納得した。

すると、この件に関わりのあった大名も、傍観していた者も、ことごとく容保の手腕を絶賛した。

朝廷側からも高く評価され、その年の末、将軍家を介して、左近衛中将《さこんえのちゅうじょう》の官位を賜った。

これを会津藩士たちが大喜びした。国元では民百姓までもが名君と褒め称《たた》えた。

容保には予想外の反応だったが、家臣や領民たちが誇りに思ってくれることが、藩主としては何より嬉しかった。


翌々年、容保が二十八歳になった文久二年五月三日のことだった。

突然、江戸城から呼び出しがあり、登城してみると、老中になったばかりの水野忠精《みずのただきよ》が待っていた。

水野は外国御用取扱も兼任しており、切れ者と評判だった。それが膝詰めで話し始めた。

「今後、中将さまには、たびたび登城して頂いて、上さまのご相談に乗って頂きとうございます」

将軍の相談役といっても、実際は老中への助言という意味に違いなかった。

だが普段ではありえない話で、容保は不審に思って聞いた。

「何か起きましたか」

すると水野は眉根を寄せた。

「実は、島津久光《ひさみつ》どのが、千人もの軍勢を率いて都に上りました」

一橋派だった島津斉彬は、すでに亡く、異母弟の久光が、今は薩摩藩の実権を握っている。

「薩摩が軍勢を率いて？　何故に、そのようなことを？」

「帝からご勅命を頂いて、幕府を問いただすと息巻いているそうです」

また勅命かと、容保は眉をひそめた。

「そのような勝手なふるまいを、なぜ薩摩藩にさせておくのですか」

外様大名が幕府の許可なく大軍を動かし、まして京都に兵を入れ、そのうえ朝廷と接触するなど、放っておくこと自体が問題だった。

「されど千人もの軍勢では、所司代では手に余りまして」

「ならば江戸から軍勢を送れば済むことでしょう。薩摩の国元を出たと聞いた時に、すぐに手を打てば、こちらの方が早く都入りできたはずです」

「ところが、そういうわけにも」

おおむね幕府の旗本は、武術に熱心ではない。いざ出兵と命じても、動き出すまでに、そうとうな時間がかかるという。

会津では考えられない話に、容保は少々呆《あき》れつつも、別の疑問を口にした。

「いったい島津どのは、何をたくらんでいるのですか」

「亡き斉彬どのの遺志を受け継いで、幕府に改革を求めるとのことです」

「要するに、かつての一橋派の巻き返しというわけですか」

「その通りです」

将軍継嗣問題の決着がついてから、もう四年の歳月が過ぎている。

だが薩摩藩では、幕府政治への進出の野心を、まだ捨てていなかったらしい。

「それで帝は、ご勅命を出されるでしょうか」

「千人の大軍で、脅されているのも同然ですので、出されることと思います」

外様大名が朝廷に対して、武力を背景に勅命を出させるなど、とんでもない無礼だった。

容保は細面のあごに手を当てて、ひとり言のようにつぶやいた。

「一昨年、水戸さまに対して穏便策を取ったことで、甘く見られたのだろうか」

戊午の密勅の件が内々に解決したことで、大名が直接、朝廷と関わりを持っても大丈夫だと、たかをくくられたのかもしれなかった。

「いや、そういうわけでは」

「ともかく、水野どの、ここは毅然《きぜん》とした態度を示さねば、後々、同じようなことが繰り返されかねません」

今後、各藩が朝廷と結びつくようなことが増えれば、幕府は武家の束ね役という存在意義を失い、戦国時代へと逆行しかねない。

ましてや、そこに外国勢力が介入したら、亡国の道を進む。

水野は困りきった様子で言う。

「できれば穏便にすませたいところです」

「今度ばかりは、そうもいきますまい」

「では、もし出兵となれば、中将さまにご出馬を願えますか」

容保はためらいなく答えた。

「もちろんです。上さまのご命令となれば、会津の者たちは勇んで出かけましょう」

水野の表情が少し晴れた。

容保は話題を戻した。

「島津どのが望んでいる改革のことですが、私は、してもよいと思います。ただし薩摩の力に屈服した形で行うのは避けるべきです。その前に一橋派の刑を許し、あえて登用しては、いかがかと」

とたんに水野が嫌な顔に戻った。

「一橋慶喜どのは腹の中が読めない方です。仰《おつしや》ることにも表裏があって」

容保は、かつての一橋派の主だった顔ぶれを、ひとりずつ思い出してみた。

すでに水戸斉昭と島津斉彬は亡く、今も健在なのは一橋慶喜当人と、福井藩主の松平春嶽、容保の兄で尾張徳川家の慶勝などだった。

その中のひとりの名を挙げてみた。

「では松平春嶽どのを用いられては？　裏表のある方ではなさそうですが」

「確かに松平さまは、誠実なお人柄です」

「ならば、まずは春嶽どのを登用されて、一橋どのの抑えにまわって頂いては、いかがですか？」

「それは妙案ですが」

水野は少し考え込んでから言った。

「まずは、ほかの老中や若年寄たちに、はかってみたいと存じます」

そして助言に感謝して面談を終えた。

続いて容保は将軍の御座所に伺候して、家茂から言葉を賜った。

「今は容易ならぬ時節ゆえ、忌憚《きたん》のない意見を、老中たちに聞かせて欲しい」

「もったいない仰せでございます」

容保は恐縮しつつ御前から下がった。

その日のうちに参与という役を与えられた。幕府の重大案件にのみ、老中に意見を述べる臨時職だ。

その発言力は大老並みと聞いて、容保は責任の重さに奮い立った。

和田倉門内の屋敷に帰ると、西郷頼母が待ちかまえていた。

かつては頼母ひとりが頼みだった時期もあったが、容保が藩主としての自信をつけるに従って、少しずつ言動が鼻につき始めた。

頼母は三十三歳になっており、すでに家老職を親から譲り受けて、自分が頑張らねばという意識が強い。

そのせいか何かにつけて、押しつけがましいところがある。いよいよ三尺達磨の渾名《あだな》が、言い得て妙に思えた。

「今日は、なんのご用でしたか」

聞かれるままに答えた。

「参与を務めよとのことだ」

島津久光の上洛《じょうらく》の件を話すと、頼母は顔色を変えた。

「もしや、われらが家中に都へ出兵せよとのお話ですか」

「そういう話も出た」

「よもや、お引き受けにはなりますまいな」

容保は、むっとした。

「どうして断れようか」

すると頼母は、達磨のような体を前のめりにさせて言う。

「今からでも遅くはありません。どうか参与というお役目自体を、お断りくださいｌ」

「水野どのは穏便に済ませたいとの仰せだ。まず出兵はない。安心せよ」

「されど、もし、ご命令が下るようなことになったら、どうか、お断りを」

容保は不愉快だった。

大老並みの発言権を持つ役を賜り、また家臣たちは喜んでくれるものと期待していた。なのに、いきなり断れとは存外なことだった。

その後、出兵の件は沙汰止《さたや》みになった。

その代わり、老中たちは一橋派の刑を解き、まず松平春嶽を参与に登用した。容保と同格に据えたのだ。

一方、島津久光は、朝廷から使者を出させることに成功し、その警護役という名目で軍勢を率いて、意気揚々と江戸までやって来た。

勅使の警護役では、幕府が文句をつけるわけにはいかない。よくよく練り上げた策だった。

結局、幕府は勅使を江戸城に迎え入れた。

季節は夏になっており、蒸し暑さの中、将軍は下座でかしこまり、朝廷の意見を聞く形となった。

話の内容は、ペリー来航以来、帝が攘夷を望んでいること、そのためには公武合体が重要であり、適切な人材を登用すべきこと、などだった。

具体的には、やはり一橋慶喜と松平春嶽とを、大老並みの重い地位につけよという。突っぱねることは不可能だった。

だが大老は徳川家の家臣が務める役目であり、親藩の藩主が務めるのは、やはり筋違いだ。

そのため福井藩主の松平春嶽は政治総裁職に、一橋慶喜は将軍後見職につけた。どちらも新設の役職だった。


ふたりがそれぞれ重い役について、ひと月半ほど経ち、秋も深まる頃、容保は松平春嶽に呼ばれて登城した。

嫌な予感はした。参与として意見を求められるのは、重大案件だけであり、いい話であるはずがなかった。

春嶽の血統をさかのぼると、八代将軍吉宗に行き着く。その子が一橋家の初代となり、春嶽の父の代で、田安家に養子に出た。

一橋家も田安家も御三卿《ごさんきょう》で、御三家よりも将軍家に血筋が近く、将軍家に男児がない時に、まっさきに養子を出す家柄だ。

春嶽自身は田安家の八男として生まれ育ち、十一歳の時に福井藩松平家の養子になった。すでに先代が他界していたので、幼くして藩主を引き継いだ。

卵型の面長で、きりりとした目に力がある。容保より七つ上の三十五歳だ。

その面長を少し傾けて、春嶽は話し始めた。

「近々、京都守護職という役目を設けることになったので、中将どのに、お引き受け頂くことに致しました」

語調こそ穏やかだが、嫌とは言わせないという雰囲気が伝わってくる。

さすがに容保は少したじろいだ。

「京都守護職で、ございますか」

それは勅使が幕府に突きつけた要求のひとつだという。

春嶽は面長を傾けたまま、容保を見つめた。

「近年、尊王の志士とか、攘夷浪士とか称して、素行の悪い浪人たちが都に集まり、わがもの顔で横行しています」

町方への押し込み強盗はもとより、人斬りも頻発していることは、江戸にも聞こえてきている。

特に幕府に与《くみ》した者が殺害されて、首が河原にさらされたり、耳が切り取られて公家の屋敷に投げ込まれるなど、凄惨《せいさん》を極めていた。

「帝としては、なんとか幕府に取り締まれと仰せなのです」

本来、京都の治安は、京都所司代や京都町奉行が守るべきだが、手がまわらないという。

そこで新たな役職として、京都守護職を新設するというのだ。

会津藩ではペリー来航前から、江戸湾の海防を命じられ、品川台場の守りについていた。

その後、蝦夷地《えぞち》の海岸警備に転じた。守るべき場所が遠くなり、藩の負担は増えた。

だが次に守る場所が都になろうとは、思いもかけなかった。

混迷をきわめる都の治安回復は、海防よりも、はるかに厄介なのは明白で、容易には引き受けられない。

春嶽はかまわずに続ける。

「確か中将どのは、島津久光どのが都に軍勢を入れた時に、こちらからも軍勢を出すと引き受けられたとか」

「確かに、そう申しはしましたが、それは非常の時でしたので」

「今も非常時です。薩摩藩のように軍勢を繰り出す者が、二度と現れぬように、都の守りについて頂きたい」

「どれほどの軍勢を常駐させるのですか」

「常に千人ほどは」

かなり費用がかさむ話だった。

「もしや、それは都の市中のみならず、御所をお守りするお役目でもあるのですか」

「その通りです」

むしろ御所の警固役に重点を置くという。

「京都の治安回復は帝のお望みではありますが、もともとは島津久光どの自身が守護職をなさりたくて、朝廷に働きかけたのは疑いありません」

要するに、一橋派が幕閣への参入を目論んだことの、延長線上にある話だった。

「島津久光どのが千人を率いて、まず都入りしたのは、その前触れのつもりでしょう。この軍勢で都をお守り致しますと、力を誇示して見せたのです」

春嶽の話の意図を、容保は察した。

「つまりは外様の薩摩藩に、御所を抑えられるわけにはいかぬということでしょうか」

春嶽は頬を緩めた。

「中将どのは何ごとにも察しがよい。仰せの通り、これ以上、薩摩を朝廷に近づけるわけにはいきませぬ」

大軍で御所を守るとなれば、帝は意に染まないことがあっても、軍勢に脅されて意志を通せなくなる。

今度の勅使の江戸行きにしても、脅されたという面があるのは疑いない。

春嶽は話を続けた。

「京都守護職の創設自体は結構なことです。されど、それを外様に任せるわけにはいきません。それで、いろいろ考えた結果、今、任せられるとしたら中将どのだけなのです」

武術に優れ、幕府として信頼できる藩となれば、会津藩以外にないという。

「わが家中で引き受けられればよいのですが、政治総裁職と兼任は無理です。それと、もうひとつ理由があります」

ふいに声の調子を落とした。

「中将どのには、われらと老中との仲立ちも、お願いしたい」

春嶽の政治総裁職も一橋慶喜の将軍後見職も、勅使の要求で設けた役職で、老中たちは必要性を認めていない。

そのうえ、かつての一橋派と紀州派の対立が尾を引いて、ふたりと老中たちの間には溝があるという。

「その溝を埋められるのは、かつて紀州派だった中将どのだけなのです。それゆえ、なんとしても頼みたい。いや、断ってもらっては困るのです」

いよいよ難題を突きつけられて、容保は言葉に詰まった。

すると春嶽は話題を変えた。

「会津の松平家には、守るべき家訓があると聞いています。大君の儀、一心大切に忠勤を存すべく、列国の例を以《もっ》て自ら処《お》るべからず、でしたな」

容保は、ぎょっとした。なぜ、そこまで知っているのかと、思わず身がまえた。

逆に春嶽は、胸を張って言い放つ。

「将軍に絶対服従。ならば守護職拝命も、お断りできぬはず。千人の軍勢を率いて、都におもむいて頂きたい」


西郷頼母は話を聞いて、またもや猛反対した。

「京都守護職など、とんでもない」

前の出兵の件は、仮定だったにもかかわらず反対された。それを思えば、当然の反応ではあった。

大きな目をむいて、押しつけがましく繰り返す。

「どうか、今すぐ、お断りください」

「断れるものなら断っております」

「されど、これは柴《しば》を背負って、火の中に飛び込むようなものでございます」

都の不逞《ふてい》浪人を取り締まるとなれば、厳しい態度を貫かなければならない。

こちらも命がけだし、相手の命を奪わなければならないこともある。当然、恨みを買う役目だった。

「われらは彦根藩のようには、なりたくありません」

確かに井伊直弼のように、藩主の命が狙われかねない。

だが容保は腹が立った。

「私は命など惜しまぬ。そなたたちが家中の行く末を案じるなら、すぐに養子をもらおう。それなら心配なかろう」

容保の奥方は会津藩の姫だったが、子をなさないまま他界した。

そのため、まだ世継ぎがおらず、容保の身に何かあれば、すぐさま御家《おいえ》断絶の危機に至る。それを防ぐには養子が必要だった。

しかし頼母も引かない。

「われらは家中のことよりも、殿ご自身のお身を案じております。それに千人の常駐となれば、国元の民百姓にも重い負担をかけることになります」

会津は米どころではあるが、北国のために夏の気温が上がらない年があり、凶作になりやすい。

「このようなお役目は、収穫が安定している国で、引き受けて頂きとうございます」

関東や東海の譜代藩が、いくつか協力すれば可能だと言い張った。

容保としては、ほかに押しつけるのは心苦しいが、国元の民百姓の負担を思うと、やはり引き受けたくはなかった。

老中に断りを入れると、わざわざ春嶽が屋敷を訪ねてきて頭を下げた。

容保が拒み続けると、今度は嫌な噂が耳に入ってきた。

「中将どのは保身しか頭にない。上さまから下される大事なお役目を、お断りするのは身勝手というものだ。水戸の密勅の件をさばいた時の男気は、幻だったのだな」

猛烈に腹が立ったが、なおも頼母は諫《いさ》めた。

「そのような噂を殿の耳に入れて、引き受けさせる策略でございますぞッ」

いよいよ腹が立って、思わず声を荒立てた。

「黙れッ。保身と言われて、聞き捨てにはできぬッ」

容保は制止を振り切って登城し、堂々と春嶽に申し出た。

「都を死に場所と覚悟して、京都守護職を務めさせていただきます」

文久二年の十二月、容保は千人の会津藩兵を率いて上洛した。

本陣は金戒光明寺《こんかいこうみょうじ》という大寺院に定められていた。場所は京都の東山のひとつ、大文字山の裾野だった。

はるか昔に法然上人《ほうねんしょうにん》が開いた寺で、その後、徳川家康が大規模な城がまえに造り直した。

京都でことが起きた場合に、二条城だけでは入りきれない幕府方の大軍を、収容できるようにしたのだ。


弓矢はもちろん、槍や刀でも、高い場所から低い場所を攻める方が威力を増す。

そのため寺の建物は、小高い丘の上に集めてあり、本堂前は大軍が集結できる広場になっていた。


そこから大勢が一挙に下れるように、幅広の階段が設けられている。

境内だけでなく門前町にも、守りのための配慮が行き届いていた。

京都の街路は碁盤目のように、縦横がまっすぐ交差している。だが光明寺の周囲には、丁字路や鉤《かぎ》の手に曲がった道が多用されていた。

城下町と同じ造りで、敵の侵入に備えて、わざとわかりにくくしてあるのだ。

また寺の裏手は別の寺に通じており、いざという場合の避難路まで設けられていた。

そんな家康の深謀が、初めて生かされたのが、今回の京都守護職の本陣だったのだ。

容保は着任早々から、藩兵たちの圧倒的な武術を駆使して、市中の無法者たちを取り締まった。

すると目に見えて、治安は回復していった。

年が明けて文久三年の正月、容保は参内して帝に拝謁した。

帝は会津藩の働きを褒《ほ》め、さらなる治安に期待をかけて、緋色《ひいろ》の反物を下された。

容保は、ありがたく押し頂き、華やかな陣羽織に仕立てたのだった。

容保の後を追うようにして、すぐに一橋慶喜が上洛し、二月に松平春嶽、三月には、いよいよ十四代将軍家茂が二条城に入った。

あたかも幕府政権が、江戸から京都に移ったかのようだった。

だが裏では、反幕府の公家たちが罠《わな》をしかけて、若き将軍を待ちかまえていた。

まず攘夷祈願と称して、将軍が帝とともに下鴨神社《しもがもじんじゃ》と上賀茂神社《かみがもじんじゃ》を参拝することになった。

下鴨神社は町中だったが、上賀茂神社へは、京都の町を南から北へと縦断していく。

沿道は鈴なりの人だかりだった。

折悪《おりあ》しく雨中での行列となったが、会津藩の千人もの威容は、人々の耳目を集めた。

しかし終わってみると、一橋慶喜が激怒した。

「輿《こし》の帝に対して、馬上の将軍はずぶ濡《ぬ》れだったのだぞッ。いかにも惨めな格好で、帝に従う姿が、都中に示されたのだッ。これでは腹黒い公家たちの思う壺ではないかッ」

参拝は、それだけでは終わらず、次は石清水八幡宮《いわしみずはちまんぐう》へおもむくという。大坂方面に下った山中にある神社だ。

上賀茂神社よりもさらに遠方で、帝と将軍の上下関係を、また沿道に見せつけるという意図は明らかだった。

さらに今度の攘夷祈願には、新たな目的が隠されていることが、事前に察知できた。石清水八幡宮は武運の神を祀《まつ》っており、本殿で帝が将軍に特別な刀を授与する計画が練られていたのだ。

ひとたび刀を受け取れば、外国との戦争を帝に誓うことになる。

幕府は対外戦争を避けたい。そのため当日になって、将軍家茂は高熱を理由に同行しなかった。

将軍名代である慶喜も、本殿の手前で突然の腹痛を装い、刀の授与から逃げた。

しかし、これによって幕府に攘夷の意志がないことが、天下に知られてしまった。

何もかも攘夷派の公家の思惑通りで、それを後押ししていたのが長州藩だった。

それから二ヶ月あまり後、急に帝から容保に対して、関東へ帰るようにという命令が下った。

容保は信じられなかった。今、会津藩が兵を引いたら、都の治安は元《もと》の木阿弥《もくあみ》だ。

石清水八幡宮での慶喜の行動によって、容保まで信用を失ったかと愕然《がくぜん》とした。

だが翌日、内々に帝からの伝言が届いた。

昨日の命令は、周囲の公家たちに強制されて出したもので、帝の本意ではないので、けっして帰らないでほしいという。

容保は、いよいよ愕然とした。帝の意に反することを、そこまで強要する側近がいようとは。

ともあれ関東下向については、恐れながらと上辺は取り繕いつつも、断固、拒むことにした。

会津藩は幕府の命令で来ている以上、幕府から帰国命令が下されない限り、京都を離れることはできないと理由づけたのだ。

その後、会津藩は、御所の中で馬揃えを披露せよと、突然、朝廷から命じられた。大規模な軍事演習の天覧だった。

急いで準備したが、当日は雨で延期になった。

ところが延期された日を迎えると、さらなる大雨で、また延期かと思いきや、今度は実行せよという。

慌てさせて失敗させようという意図は明白だったが、軍事演習など会津藩にとっては、お手のものだ。

行列から剣や槍、さらには空砲の実演まで、みごとに披露した。これによって帝の信頼は、いよいよ深まったのだった。

八月十三日になると、今度は春日大社《かすがたいしゃ》への行幸が発表された。下鴨神社、上賀茂神社、石清水八幡宮と続いて、さらに遠い奈良まで、帝が攘夷祈願におもむくという。

また何か裏があるに違いなかった。

容保は上洛以来、中川宮《なかがわのみや》という帝の側近と懇意にしてきた。幕府寄りの考えを持ち、帝の信頼も篤い人物だ。

そこに探りを入れようとしていたところ、思いがけない話が飛び込んできた。

容保の側近のひとりに、秋月悌次郎《あきづきていじろう》という藩士がいる。

国元の日新館での成績が抜群だったため、江戸に出て、幕府の学問所で学んだことがある、会津藩きっての秀才だ。

青白い勉強家ではなく、耳と鼻が大きい福相だ。人望もあって、諸藩の秀才が集まる学生寮で舎長を務めた経験もある。

京都に来てからは、江戸での人脈を駆使して、諸藩からの情報を得ている。

そんな秋月が金戒光明寺の御座の間で、容保にささやいたのだ。

「親しくしております薩摩藩士から、内々に誘われました。会津藩と薩摩藩とで手を結んで、兵を起こそうと。軍勢を繰り出して御所を抑え、攘夷派の公家と長州の侍どもを成敗するのです」

信頼の置ける秋月の話だけに、容保は興味を持った。

薩摩藩に実行力があることは、以前、千人を動員して、幕府に改革を迫ったことでも明らかだ。

成功すれば、帝の意に反する公家たちを、都から一掃できる。

ただし薩摩藩に大軍を繰り出されると、発言力が増して、厄介なことになりかねない。しかし今なら薩摩の京都藩邸にいる人数は知れており、会津藩の方が圧倒的に多く、主導権を握れる。

翌十四日、秋月悌次郎を中川宮のもとに走らせた。

秋月は興奮気味に戻ってきて報告した。

「中川宮さまは、今すぐ手はずを整えよとのことで、御所の中のことは任せよとも仰せでした。とにかく急がねばなりません」

今度の春日大社への行幸は、実は倒幕のための挙兵なのだという。

奈良には広大な境内を持つ寺社が多い。そこに長州藩が軍勢を送り込み、攘夷に賛同する諸藩に呼びかけて、大軍を揃える。そして一気に江戸に向かうというのだ。

さらに驚くことに、そのための先鋒隊が、すでに京都を出発していた。

過激な攘夷浪士たちの集団ながら、錦旗《きんき》を掲げ、皇軍を称しているという。

先鋒隊は奈良の町のみならず、大和《やまと》一国を倒幕でまとめて、帝を待ち受ける計画だった。

大和は帝への忠誠心が強い地域であり、不可能な策ではない。

だが帝は、あくまでも幕府を頼りにしており、けっして倒幕など望まない。なんとしても阻止しなければならなかった。

容保は急いで二条城に出向き、慶喜に相談を持ちかけた。

「どうか陣頭指揮をおとりください。ほかの藩にも兵を出させて、武力で御所を抑えましょう。春日大社への行幸を取りやめさせ、同時に奸臣《かんしん》たちを追い払うのです」

だが慶喜は、きっぱりと断った。

「そのような話は信用できぬ。中川宮が裏切ったら、都で無用の兵を起こしたと、猛烈な非難を浴びるであろう。また腹黒い公家の思う壺だ」

確かに中川宮はあくが強く、気に入らない相手には小馬鹿にしたような態度も取る。口数も多い方で、「あらしゃいます」や「くだしゃりませ」などの御所言葉で、しゃべりまくる。

それには容保も当初は違和感を覚えた。だが近づいてみると、実は裏表がない人物だった。

帝に対して誠意をつくし、帝も深く信頼している。

しかし慶喜は、上賀茂神社や石清水八幡宮で、公家たちに煮え湯を飲まされたことを、まだ根に持っていた。

容保は首を横に振った。

「中川宮さまは腹黒い公家たちとは、一線を画しています。けっして裏切るようなことは、ない方です」

「そこまで信用するのなら、会津が勝手にやればよい」

「されど私は、諸大名を指揮できる立場にはありません」

「守護職は都から狼藉者《ろうぜきもの》をなくすのが役目であろう。ならば会津が音頭を取って、ほかの大名が力を貸せばよい」

「本当に、それで挙兵を、お認めいただけるのですか」

「認める。ただし」

「ただし？」

「失敗しても知らぬぞ」

今は承認しても、ひとたび失敗したら、幕府は関わりないと突き放されるのだ。

それでも容保は背筋を伸ばして言った。

「もとより都を死に場所と覚悟して、会津より兵を連れてまいりました。もし失敗したら、お取り潰しでも何でも承りましょう」

あえて頬を緩めて、力強く言い添えた。

「でも失敗はいたしません」

ちょうど警備の交代時期で、千人の会津藩士たちが東に向かったところだった。それを呼び戻し、二千人近い兵を確保した。

そして八月十八日の未明、容保は陣頭指揮をとり、できるだけ目立たないように分散して、ひっそりと金戒光明寺を出た。

そして百五十人ほどの薩摩藩士と合流して、密かに御所に迫った。

御所は高い塀で囲われ、町方との境に九つの外門がある。

外門の内側には公家屋敷が並んでいる。さらに内側に、もう一重、塀がめぐらされ、その中を禁裏と呼ぶ。

南側の外門にあたる堺町御門は、長州藩が警備に当たっており、その夜も番士たちが守りについていた。

容保の軍勢は、彼らを脅して中に押し入り、すべての外門を閉じた。

夜が明けて、交代の長州藩士たちがやって来て騒ぎ出した。

「開けろッ。勝手なことをするなッ。ここは、われらが帝から、お任せ頂いている御門だぞッ」

激しく門をたたく。だが容保は首を横に振り、けっして開門させなかった。

その一方で、諸藩に動員をかけた。

今や主だった藩は、どこも京都に屋敷をかまえている。

そういった屋敷に使者を走らせ、慶喜の承認を得ているからと、藩兵の出動を促した。

もう会津藩が御所を抑えたことは、どこも耳にしており、遅れてはならじと次々と兵を繰り出した。

結局、三十もの藩が動員に応じたのだ。

少ないところで数人、多くても百人ほどで、会津藩の二千は圧倒的だったが、多くの藩が協力したという事実が大事だった。

到着する兵たちで、外門の内側には刻々と人数が増えていく。

槍刀はもちろん、銃砲で武装した軍勢で、御所内の道も広場も埋めつくされた。

一方、長州藩から大勢が駆けつけて、いっそう門の外で騒ぎ立てた。

「開けろッ。開けないと、大砲で門を破壊するぞッ」

容保はみずから進み出て、大声で答えた。

「御所に向かって発砲する気かッ。すぐさま長州は賊軍になるぞッ」

賊軍という言葉に恐れをなしたか、それきり外は静まり返った。

それでいて退く気配もない。その場に居座り、門をはさんで緊張が続いた。

禁裏の中では、中川宮が攘夷派の公家たちに、春日大社への行幸を取りやめるよう迫っているはずだった。

容保は祈るような気持ちで待った。なんとか帝の真意を引き出してもらいたかった。

午後になって、容保を含む主だった大名が、中川宮に呼ばれた。

「帝が、お待ちであらしゃいます。お入りくだしゃれ」

伸《の》るか反《そ》るかの勝負どころであり、さすがの中川宮も、いつもの多弁は影をひそめ、緊張の面持ちだった。

容保らは禁裏で、それぞれ意見を述べた。

さらに帝の意志も仰いだ結果、とうとう春日大社への行幸は延期と決定。長州藩は堺町御門の警備役を解かれた。

中川宮と会津藩の圧勝だった。

たちまち長州藩と七人の攘夷派公家が、都から追放された。

日を改めて、容保が二条城に報告に行くと、将軍家茂は素直に喜んでくれたが、慶喜は少し皮肉めかして言った。

「会津は大手柄を立てたものだな」

容保は内心、面倒な人物だと感じた。

十月に入ってから参内すると、帝から直筆《じきひつ》の感謝状が与えられた。

内容は、公家たちの横暴を嘆き、容保こそが信頼できる忠臣であると綴られていた。

容保は感激した。

「少しでも、お役に立てたのであれば、何よりでございます」

奸臣を取り除く手助けができたことが誇らしかった。

この挙兵は「八月十八日の政変」と呼ばれた。

その後、七人は長州に身を寄せ、さらに九州の太宰府《だざいふ》まで落ちていき、「七卿落ち」と名づけられた。

錦旗を持ち出した先鋒隊は、天誅組《てんちゆうぐみ》と称した。しかし幕府方の討伐を受けて、結局は離散した。こちらの事件の呼称は「天誅組の変」と呼ばれた。

三つの事件は絡み合っており、これらを一挙解決したことによって、京都での幕府批判の風潮は、とうとう鎮まったのだった。

八月十八日の政変の五ヶ月前、容保は江戸から来た三十人ほどの浪人集団を、幕府から預かった。

彼らは、金戒光明寺とは御所をはさんで逆側の、壬生《みぶ》という町外れに屯所《とんしょ》を設けていた。

そのため会津藩では、もっぱら壬生の浪士と呼んでいたが、なかなか腕が立つし、危険も顧みない。

そこで八月十八日の政変の際に、藩士たちとともに堺町御門の守りにつかせた。

そうなると壬生の浪士と呼ぶわけにもいかず、容保は金戒光明寺の御座所に呼んで、新選組という名を与えた。

新選組は、八月十八日の政変の翌年、元治元年六月五日に大きな手柄を立てた。

過激な攘夷浪人たちが、騒動を企てていることを突き止め、三条木屋町《きやまち》の池田屋という旅館に踏み込んだのだ。

乱闘の中で何人かは逃走したが、九人を討ち取り、四人を捕縛した。

容保の十一歳下の弟で、桑名藩主の松平定敬が、この頃から京都所司代を拝命していた。

そこで兄弟が連携して探索に当たり、二十数人を召し捕った。

彼らは御所への放火と、中川宮の拉致、一橋慶喜と容保の暗殺まで企てていた。

事前に察知できたのは、新選組の機動力のなせるわざだった。

だが攘夷派の反撃も予想された。

容保は藩士と新選組に油断を禁じ、慶喜や定敬たちとともに対策を練った。

「また大きな挙兵となったら、どうか今度こそ、一橋どのが陣頭指揮をおとりくださ い」

容保の要請に、慶喜もすんなりと引き受けた。会津藩が力を持ちすぎるのではないかと、警戒心を抱《いだ》いたらしい。

しかし西郷頼母が、またもや猛反対した。

「大きな挙兵など、どうか遠慮なさいませ」

容保は突っぱねた。

「何を言うか。今度は一橋どのの陣頭指揮で戦うのだぞ。従わないわけにはいかないことくらい、おまえにはわからないのか」

すると頼母は金戒光明寺で、藩兵ひとりずつに、帰国せよと説得してまわり始めた。

容保の堪忍袋の緒が切れた。

「どういうつもりだ。それほど私の言うことが聞けぬのなら、もう会津に帰れッ。帰って謹慎せよッ」

頼母は肩を落として、国元に帰っていった。

それからほどなく数百人単位の侍が和船でやって来て、大坂から上陸したとの情報が入った。

さらに川舟で淀川をさかのぼってくるという。長州藩兵に間違いなく、人数は二千を超えていた。

七月十九日の朝になると、幕府方は大軍を繰り出して、御所の外門の守りを固めた。

会津藩は、御所西側にある蛤御門《はまぐりごもん》内の担当になった。

これに対して長州藩は、大軍で御所に近づき、蛤御門に向かって、大砲を至近距離から撃ちかけ始めた。

前回と違って、まったく躊躇《ちゅうちょ》しない。

続けざまに砲弾を受け、鉄鋲《てつびょう》が打たれた重厚な門扉が、音を立てて破壊されていく。

会津藩士たちは、塀のあちこちに梯子《はしご》をかけて登り、外にいる長州藩兵に向かって、次々と銃の引き金を引いた。

外からも梯子がかけられて、敵が塀の上を乗り越えようとするが、頭が出たところで、片端から狙い撃ちした。

味方も外から撃たれて、梯子の上から転げ落ちる。

すさまじい銃声が飛び交い、悲鳴と怒声が響き渡る。火薬の煙で、視界が白く霞《かす》んでいく。

その時、ひときわ大きな破壊音が響いて、閂《かんぬき》が突き破られた。外から歓声が沸く。

容保は、あらん限りの声を張り上げた。

「敵を入れるなああッ、狙い撃てえええッ」

傾いた門扉の隙間から、われがちに敵が入り込もうとする。だが次々と銃弾に当たって倒れていく。

それでもまだまだ続いてくる。

すると門扉全体がメリメリと音を立てて、内側に倒れ込んだ。

敵が怒濤《どとう》のごとく踏み込んでくる。あまりに多く、狙い撃ちできない。

容保は、もういちど大声で叫んだ。

「刀を使ええええッ」

その場にいた会津藩士たちが、いっせいに白刃をひるがえす。

門内に入り込んできた敵は、次々と白刃を浴びた。真っ赤な血飛沫《ちしぶき》が盛大に舞う。

だが倒れても倒れても、しぶとく続いてくる。激しい乱闘で、こちらも負傷者が出始めた。

狂乱が続く中、伝令が走ってきて、容保に大声で伝えた。

「中立売御門《なかだちうりごもん》が破られましたッ。敵は、こちらに向かっていますッ」

中立売御門は蛤御門の北側の門だ。

福岡藩が守りについているはずだが、防ぎきれなかったらしい。

そこから南下してくるということは、敵は内門の建礼門から、禁裏に突入するつもりに違いなかった。

ちょうど会津藩が守っている場所の背後にあたる。

また別の伝令が走りくる。

「南の下立売御門《しもだちうりごもん》も突破されましたッ」

ここで南北両側から攻めてこられたら、もう守りきれない。

容保は伝令に向かって声を張り上げた。

「援軍だッ。一橋どのに援軍を頼みに走れッ」

だが伝令が走り出す前に、北から地鳴りのような鬨《とき》の声が近づいてきた。

土埃《つちぼこり》を通して、数騎が駆けてくるのが見えた。

敵かと身構えたが、葵《あおい》の御紋の旗印を掲げている。

その中の一頭に、一橋慶喜の勇姿があった。みずから刀を振りかざし、足元の敵を蹴散らしながら走りくる。

その背後からは、丸に十の字の旗を掲げた薩摩藩士たちが続いてくる。

容保は持てる力を、ふたたび声に込めた。

「援軍だぞッ。一橋どのみずから駆けつけてくださったッ」

その叫びを境に、味方は敵を門外へと、押し戻し始めたのだった。

この戦闘の最中《さなか》、南側の堺町御門付近で、砲弾の炸裂から建物に火がついて、町方へと燃え広がった。

消火が間に合わず、三日間にわたって、京都の町を燃やしつくした。

この日の戦闘は「蛤御門の変」、あるいは「禁門の変」とも呼ばれた。

また町方では、家がどんどん火に呑まれていった状況から「どんどん焼け」とも呼んだ。

それでも結果としては、長州藩の逆襲を完全に撃退できた。

特に慶喜の采配ぶりが目覚ましく、容保も素直に礼を言った。

「一橋どのが駆けつけてくださった時には、まさしく地獄で仏の思いでした」

慶喜は、いかにも満足そうに答えた。

「いや、会津の奮戦ぶりも大したものだった。よくぞ持ちこたえたものだ」

京都に来て初めて、慶喜と心が通じ合った気がした。

それからしばらくして、慶喜が気軽な調子で聞いた。

「容保どのには、まだ世継ぎはおらぬのか」

「こんな有様ですから、妻を娶《めと》るわけにもいかなくて」

容保に、まだ子がないのには理由があった。

もともと正室の敏姫は、先代の会津藩主、容敬のひとり娘だった。容敬は容保の叔父だから、いとこ同士の結婚になった。

容保より八歳下で、初めて会った時には、まだ可愛い少女だった。

そして容保が二十二歳、敏姫が十四歳になった時に、ようやく夫婦になった。

敏姫は正室として江戸藩邸で暮らした。

普通、大名は江戸に正室、国元に側室を置くものだが、容保は側室を遠慮した。

夫婦仲も睦まじかったし、もともと敏姫が家つき娘で、まして幼い妻だったこともあって、まだ子ができにくかろうと、女としての成長を待ったのだ。

しかし敏姫は十九歳で他界してしまった。

大名家に跡取りがいないのは大問題であり、喪が明けるのを待って、加賀藩前田家の禮姫《とよひめ》との婚約が整った。

しかし婚約の二ヶ月後に京都守護職として上洛したために、婚礼は先送りになった。

前田家の手前、今度も側室を持つわけにはいかなかった。

まして金戒光明寺のような寺では、側室など置けない。そのまま年月を経てしまっていたのだ。

すると慶喜は意外なことを言い出した。

「水戸から養子をもらっては、どうであろう。私の弟に、ちょうどいいのがいる。歳《とし》は十《とお》になっているはずだ」

水戸徳川家と養子縁組ができるなど、願ってもないことだった。

実現できれば、容保は慶喜と義兄弟になる。

「そうして頂けるのでしたら、ぜひ」

「ならば実家《さと》に話しておこう。水戸は桜田門外の変の後、危ういところを、そなたに救ってもらった恩があるしな」

話はとんとん拍子に進み、水戸徳川家の十九男を養子に迎えることになった。

慶喜が自分の名前から喜の字を与えて、喜徳《のぶのり》と名乗らせた。


その後、蛤御門の変の懲罰として、幕府は二度にわたって長州に出兵した。

諸藩を召集して、大軍を長州に差し向けたのだ。

会津藩は京都守護に専任しており、出兵は免れた。

しかし二度目の長州征討の最中に、十四代将軍家茂が大坂城で亡くなった。

まだ二十一歳という若さだったが、持病の脚気《かっけ》が悪化したのだ。

容保は不安を覚えた。

跡継ぎが決まらないまま当主が亡くなれば、本来なら御家断絶だが、将軍家を消滅させるわけにはいかない。

今すぐ十五代将軍の座に就ける人物は、慶喜以外にいない。

蛤御門の変で評価を上げており、反対の声はない。だが本人が、かたくなに固辞した。

「なぜ、お受けにならないのですか」

容保の問いに、慶喜は溜息《ためいき》をついた。

「いっそ、このまま一大名という立場でよいのだが」

すでに徳川宗家の当主の座には就いており、一大名の立場ではあった。

容保は驚いて聞き返した。

「でも将軍家は、どうなさるのですか」

「もう幕府はなくなってもよい。大名や諸藩の代表による議会政治も、悪くなかろう。新しい世の中が望まれているし」

諸藩からひとりずつ代表者を出して、話し合いで政治を進めれば、西洋的な議会制に移行できるという考え方だった。

すでに薩摩や土佐といった有力な藩主たちが、朝廷の議定《ぎじょう》という立場で、何度も話し合いの場を持とうとしてきた。

容保自身、参加したことがある。だからこそ懸念を口にした。

「でも結局、うまくまとまりませんでした。場当たり的な話し合いに終始して、それぞれ勝手なことばかり言い通して」

「いや、きちんと制度化すればよい。幕府の政治も本来、老中や若年寄、奉行などの話し合いで進めて、最後の決裁は将軍が下してきた。その話し合いの場に、親藩や外様や公家も加わって、帝に決裁を委ねれば、立派な立憲君主制の始まりだ」

慶喜は幕臣をヨーロッパに留学させて、立法や政治の制度などを学ばせており、その提言を得ていた。

容保は、そういう手もあるかもしれないと思った。

「でも、なぜ、それを大きな声で仰せにならないのですか」

「申している。だが老中どもが耳を貸さぬ。議定の大名どもも話にならぬ」

結局、慶喜の理想は実現せず、まわりに押される形で将軍宣下《せんげ》を受けて、幕府は続くことになった。

慶喜が正式に十五代将軍の座に就いたのは、家茂の死から五ヶ月が経った、慶応二年の師走のことだった。

だが、その二十日後、驚くべきことが起きた。帝が崩御《ほうぎょ》したのだ。

金戒光明寺で知らせを聞いて、容保は呆然《ぼうぜん》とした。自分を心から信頼してくれた帝の死に涙し、若き将軍と帝という後ろ盾を、相次いで失う心細さを覚えた。

帝は崩御後、孝明天皇という諡《おくりな》が奉られた。

翌慶応三年十月になると、慶喜は大政奉還を行った。やはり一大名に戻って議会制の実現を目指したのだ。

だが周囲は、その真意を理解しなかった。

日本の統治権を返されても、朝廷には、それを守る武力も、遂行する経済力もない。だから政権は、また戻ってくると、たかをくくる者が多かったのだ。

逆に薩摩藩では、これを機に自分たちが政権を握ろうと動いた。そして長い間、敵対してきた長州と密かに手を握ったのだ。

そして年が改まった慶応四年一月三日、鳥羽伏見の戦いを迎えたのだった。

かつて盟友だった薩摩藩からの攻撃は、容保にとっては許しがたい裏切りだった。

# 三章　和田倉門内

慶応四年一月十二日の朝、開陽丸の錨《いかり》を下ろす音が響いて、ようやく船室の鍵が開けられた。

見知らぬ海軍士官が階段を示す。

「品川沖に着きました。甲板にどうぞ。皆さま、もう集まっておいでです」

どことなく態度が冷ややかだった。

容保は弟の定敬とともに船室を出て、甲板に上がった。

冷気が流れ、見渡す限り、水面《みなも》は早春の霞《かすみ》で覆われていた。

甲板では海軍士官や水夫《かこ》たちが、すでに忙しそうに立ち働いている。誰も容保たちと目を合わせようとしない。

鳥羽伏見で戦いが始まったのが一月三日。開陽丸に乗り込んだのが七日の朝。その後、出港準備に手間取り、大坂湾を出て江戸に向かったのは翌八日になった。

それから四日間の航海で、品川沖に着いたのだ。

えている。

舳先《へさき》近くに、慶喜とほかの大名たちが固まっていた。誰も言葉もなく、ただ寒さに震えている。

四日前に強引に艦長に昇格させられた沢太郎左衛門が現れて、慶喜に告げた。

「すでにボートを降ろして、上さまのご帰還を知らせに、御浜御殿《おはまごてん》に向かわせました。まもなく迎えの番船がまいります」

浜御殿は将軍家の別邸であり、かつては歴代将軍が御台所《みだいどころ》や側近を連れて、船遊びを行った場所だ。

今は幕府の海軍学校である軍艦操練所が置かれ、幕府海軍の拠点としても利用されている。

流暢《りゅうちょう》な英語を話す立石斧次郎に向かって、沢が不機嫌顔で言った。

「上陸しても、この時間では、まだ操練所には誰もいないだろうから、泊まりの番士に言って、お城から迎えに来てもらえばいい」

ここまで乗せてきてやったのだから、あとは知らない、勝手にしろと言わんばかりだ。

気づけば士官や水夫たちが手を止めて、こちらを凝視している。

容保はいたたまれない思いがした。自分たちは敵前逃亡した将軍に、唯々諾々《いいだくだく》として従ってきた側近にほかならない。

ほどなくして靄《もや》の中から小舟が現れ、開陽丸の船縁《ふなべり》下に横づけした。甲板から水夫が縄梯子《なわばしご》を投げる。

慶喜の小姓が最初に降り、大名たちが続く。

容保は先を譲ろうとしたが、慶喜は顎先で縄梯子を示した。

「先に降りるがいい」

ピストルこそ握っていないが、容保たち兄弟が艦上に残って逃げるのではないかと、まだ警戒は解いていない。

容保は黙って縄梯子を降りた。

大名たちを乗せた小舟は、すでに浜御殿に向かっていた。

二隻目の小舟に、容保、定敬、慶喜、立石の順に乗り込んで、船頭が漕《こ》ぎ出した。

波は穏やかで、早朝から何艘《なんそう》もの小舟が行き交う。

霞の彼方《かなた》に、うっすらと島影が現れた。

近づくと鉄製の大型砲が、黒々と横たわっているのが見えた。かつて会津藩が守備についた第二台場だ。

あの頃、容保は十九歳で、異国船から江戸を守る使命感に燃えていた。

それがこんな情けないことになろうとは、夢にも思っていなかった。

小舟は台場のかたわらを粛々と進んでいき、陸地が見えてきた。

波打ち際に石垣が続き、その上に白い倉が建ち並び、大小の舟がもやわれている。

舟が途切れた一角に、幅広の石段があり、そこに小舟は横づけした。将軍専用の船着き場だった。

上陸すると、浜御殿の番士たちが迎えたが、どうして将軍が突然、現れたのか、見当もつかず、誰もが緊張の面持ちだ。

皆、身分が低すぎて、慶喜や容保たちに口を利けない。

立石が番頭《ばんがしら》らしき男に話しかけた。

「お城に知らせて、誰か迎えを寄越《よこ》すように言ってくれ。それと寒くてたまらないから、御茶屋を開けてくれ」

御茶屋とは将軍の休息用の建物だ。

しかし番頭は困り顔で答えた。

「御茶屋は長い間、使っておらず、冷え切っておりまして、これから火鉢を置いても寒うございます。今すぐ焚き火《たび》を致しますので、それで暖を取っていただく方がよろしいかと」

「ならば焚き火でいい。それから何か食べるものはないか」

この四日間、艦内には毒見役がいないからという理由で、水以外、何も出されなかった。

情けなさに空腹と寒さと陸揺《おかゆ》れが加わって、一同は足取りもおぼつかない。

なんとか門の近くの広場に移動すると、地面に薪が組まれ、火がつけられた。

少しくすぶっていたが、木の燃える匂いが広がり、白い煙の中から朱色の炎が上がった。

一同は周囲に立って、炎に手をかざした。掌《てのひら》や膝下が暖かくなり、少しは人心地つく。

ほどなくして立石が、西洋渡りらしい横文字の書かれた丸い容器と、湯気の立つ鉄瓶を持って走ってきた。

そして容器に小刀を突き刺して丸く切り裂き、中から薄茶色のものを取り出した。

「小麦の粉と砂糖を混ぜて焼いたビスケットでございます。こうして缶という入れ物に密閉されておりますから、お毒味役《さゆ》がいなくても大丈夫です」

もうひとりの小姓が、鉄瓶から白湯《さゆ》を湯呑《ゆのみ》に注《つ》ぎ、ひと口、味見をしてから、慶喜と大名たちに手渡す。

ビスケットの甘さと、白湯の温かさが身にしみた。

その時、閉じた門の向こう側で、馬が駆けてくる気配がした。蹄《ひづめ》の音が止まって、大声で名乗るのが聞こえる。

「操練所の勝麟太郎《かつりんたろう》でござるッ」

門の番士が脇の潜戸《くぐりど》を開けるなり、小柄な男が飛び込んできた。

容保も面識がある男で、もっぱら海舟《かいしゅう》という雅号で呼ばれている。

ペリー来航後に幕府が長崎で開校した長崎海軍伝習所の一期生だ。幕府軍艦の咸臨丸《かんりんまる》で、太平洋横断航海の艦長を務めた経験もある。

海舟は早足で焚き火に近づいてきた。海軍人らしく日に焼けて、大きな目が猫のように鋭い。

そして慶喜に向かって、いきなり鋭い言葉を浴びせた。

「これから、どうなさるおつもりですかッ」

鳥羽伏見の戦いから九日が経《た》っており、敗戦の知らせは早馬で江戸に届いていた。

慶喜は顔を背け、何も答えない。

一方、海舟は怒りを隠そうとしない。

「何か、おっしゃったらいかがですか」

ようやく慶喜が口を開いた。

「とにかく城に知らせよ。いつまでも、こんなところにはいられない」

海舟は一瞬、目を見開いたが、すぐに軽蔑の眼差《まなざ》しに変わった。

「わかりました。仰せのとおりに致しましょう。お城の者たちも、さぞや嘆くことでしょう」

それから門に向かって走り去った。

容保は深い溜息《ためいき》をついて、定敬と顔を見合わせた。改めて情けなさが込み上げる。

これから気持ちを切り替えて、慶喜を支え、軍勢を立て直さなければならない。

だが、この打ちひしがれた精神状態から、自分は立ち直れるのか。途方にくれるばかりだった。


江戸城から迎えが来て、慶喜と小姓たちが引き上げ、大名たちは、それぞれ自分の藩邸に帰ることになった。

会津藩の中屋敷が、浜御殿の隣地にある。かつて江戸湾の海防を任されていた頃に、活用した屋敷だ。

ひとりで歩いて行ってみたが、わずかな勤番士がいるだけで、人影がない。

そこから和田倉門内の上屋敷に知らせが走り、外島機兵衛《としまきへえ》という藩士が、息せき切って駆けつけた。

ここしばらく江戸詰めで、実質的な留守居役を務めている。

容保よりも、ずいぶん年上で、目元が優しく、鬢《びん》の辺りに白いものが混じる。

中屋敷の玄関で、たったひとりで上がり框《かまち》に腰かけていた容保に、外島は近づき、労《いたわ》るような口調で聞いた。

「殿、いかがなさいました？」

容保は言葉少なに答えた。

「上さまに、ご同行を命じられた」

「そうでしたか。お疲れでございましょう。鳥羽伏見での苦戦は、もう、こちらに知らされておりました」

それ以上は何も詮索はしない。

「とにかく、上屋敷へ」

容保は外島の引いてきた馬に、力なくまたがり、和田倉門内に帰った。

文久二年に島津久光の圧力に屈して、幕府の改革が行われた時に、各藩主家族の国元居住が認められた。実質的な人質制度が、とうとう崩れたのだ。

同時に参勤交代も大幅に緩和された。以来、ほとんどの江戸藩邸は空になった。

特に会津藩では、京都に千人を常駐させてきた。

そのため上屋敷でさえ、外島のほかに、藩邸の警備に当たるわずかな勤番と、その家族が、ひっそりと御長屋で暮らすばかりだった。

冷え切った広間を、容保はよろよろと上座まで進み、そのまま崩れるように座り込んだ。

外島が心配して、背後から駆け寄ろうとした。

「殿、しっかりなさいませ」

容保は振り返らずに言った。

「しばらく、ひとりにしてくれ」

声がかすれてしまう。

背後で外島が、遠慮がちに退出する気配がした。そのまま容保は頭を抱えこんだ。

この五年間、会津藩士たちは京都守護職の役目を誇りにして、命がけで働いた。

鳥羽伏見の戦いでは、果敢にも銃弾に立ち向かい、大勢が命を落とした。

今も骸《むくろ》は道端に置き去りのままだろうし、大坂城の広間には、怪我《けが》に苦しむ家臣たちがいる。

将軍の出陣を聞いて、これから反撃に出るのだと、家臣たちは大喜びしていた。

彼らは容保が消えたと知った時、どれほど驚いただろうか。どれほど戸惑い、嘆いたことか。

あの時、慶喜を殺してでも、大坂に留《とど》まるべきだった。悔やんでも悔やみきれない。

将軍が消えたのだから、もはや幕府軍は総崩れだ。結果としては死んだも同然だった。

これから幕府直参《じきさん》も会津藩士も、ほかの大名家の家臣たちも、続々と江戸に引き上げてくるに違いない。

だが容保は家臣たちに顔向けができない。なんと言えばいいのか。将軍に脅されたと、いっそ打ち明けてしまおうか。

いや、そんなことはできない。やはり今から軍を立て直し、薩長に対抗するのだ。

しかし、こんな打ちのめされた状況では、その気力が湧いてこない。

容保は両手で顔を覆った。どうすればいいのか。どうすべきなのか。

思いは堂々巡りを繰り返すばかりだった。

それでも夜になると、少し気持ちが落ち着いてきて、外島に聞かれるまま、江戸帰還の理由を話し始めた。

「上さまは江戸に戻って、軍勢を立て直すと仰せだった」

「そうでしたか」

行灯《あんどん》の淡い光を受けて、外島は静かな口調で話す。

「もしや、将軍さまは恭順なさるおつもりでは、ございませんか」

容保はうなだれて、曖昧に首を振った。

「わからぬ。あの方の考えは」

定敬には慶喜は公家なのだと説明したが、将軍としての慶喜の行動は、武家の自分には計り知れない。

外島は、なおも穏やかに話す。

「もし上さまが恭順なさるおつもりでしたら、殿も恭順なさいますか」

容保は顔を上げた。

「いや、上さまは恭順なさらない」

慶喜のことは信用できないものの、あえて強く否定した。

「恭順などありえぬ。そんなことをしたら偽官軍を官軍だと認めるようなものだ」

「本当に上さまは恭順なさらないでしょうか。もし恭順された場合、会津藩としては、どうするべきか、お考えになっておく方が、よろしいかと存じます」

そこまで言われて、答えられなくなった。

ひとたび将軍が決めたら、それに従うのが筋だ。

家訓の第一条に従うとしたら、あの卑怯《ひきょう》な将軍にも、忠義をつくさなければならない。

どんなに腹立たしくとも。

家訓が容保を苦しめた。


翌朝になると不思議に気持ちが定まった。

とにかく家臣たちが帰還する前に、軍勢の立て直し策を、慶喜に決めてもらわなければならない。

それを促すのが自分の役目だと確信した。

八丁堀近くにある桑名藩の屋敷に、人を遣わして、定敬と一緒に登城しようと決めた。

すぐに出かける準備に取りかかろうとしたが、人がいないため、何もかもが迅速に進

た。

まない。

裃《かみしも》ひとつ探し出すのさえ手間取り、ようやく登城したものの、城内も大わらわだっ

予告なしの将軍の帰城など前代未聞のことで、誰もが右往左往している。

取次ひとつにも時間がかかる。

定敬とふたり、長々と待たされた挙げ句、慶喜には会えないと断られた。

板倉勝静《いたくらかつきよ》には、なんとか会えた。大坂から一緒に戻ってきた老中だ。

すると板倉は、今までになく難しい顔で告げた。

「都では七日に、上さまに対する追討令が出たそうです」

容保は衝撃を受けた。

「追討令ということは、朝敵にされたという意味ですか」

「その通りです」

あの時、京坂を離れるのは得策ではないと承知していたが、まだ開陽丸の艦上にいるうちに、そこまで敵が手をまわそうとは思っていなかった。

板倉も悔しそうにつぶやく。

「なぜ大坂に踏み留まらなかったか、痛恨の極みです」

容保は、あえて強気に転じた。

「追討令も朝敵も嘘《うそ》です。今までに何度も偽勅が出されてきました。こちらが優位に立てば、すぐに撤回されます」

定敬も膝を乗り出した。

「とにかく上さまに軍の立て直しをお勧めして、薩長に江戸まで進軍させれば、かならずや勝利できます」

しかし板倉は首を横に振った。

「私どもも、そうしたいのですが、まったく上さまにはお目通りがかないません」

「どういうことですか。いったい上さまは、どうなさるおつもりなのです」

すると板倉は容保と定敬を手招きして、開いた扇で口元を隠して耳打ちした。

「上さまは和宮《かずのみや》さまに、ご面会を願い出ておいでです」

和宮は亡くなった孝明天皇の妹だ。

六年ほど前に、公武合体のために十四代将軍家茂に降嫁し、家茂が亡くなった後も、江戸城に留まっている。

容保は意味が呑《の》み込めなかった。

「和宮さまにご面会？　なんのために？」

「帝《みかど》への取りなしを、お願いなさるおつもりのようです」

確かに和宮なら、今も朝廷とは繋《つな》がりがあり、口添えしてもらえるかもしれない。

だが会津藩の家訓第四条には、こう書かれている。

「婦人女子の言、一切聞くべからず」

会津藩では女子教育の水準が高いし、武芸の心得を持つ女性も少なくない。しかし政治的な場面においては、意見を取り入れてはならないというのだ。

だから容保としては、この幕府開闢《かいびゃく》以来の危機に、いくら皇女とはいえ女性に頼るとは、思ってもいなかった。

まして軍勢の立て直しは、手つかずのままだ。

「それで和宮さまには、お取りなし頂けるのですか」

「それが難しいようなのです。すでに朝敵にされたことは、和宮さまのお耳にも入っておいでで、朝敵になど会えないと、拒んでおいでなのです」

容保は驚いた。

和宮は慶喜にとって養母に当たる。そんな身内にさえも見放されるとは。

板倉は扇をたたんで、両手で握った。

「でも上さまは、まだ諦めてはいらっしゃいません。まずは天璋院《てんしょういん》さまにお目にかかって、和宮さまとのご面会を、お願いしているところです」

天璋院は十三代将軍家定の後室《こうしつ》で、和宮の姑にあたる。

姑から嫁に取りなしてもらい、さらに嫁から実家に取りなすという。

きわめて面倒な手順を踏んでも、なお慶喜は和宮に期待をかけていた。

容保は定敬と顔を見合わせてから、もういちど板倉に聞いた。

「もし和宮さまのお取りなしが、うまくいかなかった場合、ほかに手立ては？」

「もちろん松平春嶽さまにも、お願いしています」

春嶽は京都に留まっており、今や朝廷寄りの立ち位置にいる。

この五年、容保のみならず、慶喜も春嶽も在京が長くなり、江戸の老中たちとの距離が空いてしまった。

本来、春嶽は老中たちとの仲立ちを、容保に期待していたが、京都から離れられない身では無理だった。

そのため江戸との板挟みになったのが春嶽自身だった。策士である慶喜に振りまわされて、役目を放り出すこともあった。

しかし春嶽は人との関わりに長《た》けており、いつしか朝廷寄りの立場を確保していたのだ。

そこで今、慶喜に着せられた朝敵の汚名を、朝廷に取り消してもらえるよう、いちばん頼みやすいのは春嶽だった。

和宮であれ春嶽であれ、いずれにせよ、平身低頭して許しを請《こ》うという方法だ。

容保は肩を落としてつぶやいた。

「では軍勢の立て直しという道は、もう上さまのお考えにはないのですね」

板倉は申し訳なさそうにうなずいた。

それからは連日、江戸城に早馬が駆け込み、京都からの知らせを届けた。

徳川慶喜への追討令が出たのが一月七日で、九日には追討軍が組織された。

東征大総督という総大将は、有栖川宮熾仁親王《たるひとしんのう》が務めるという。

熾仁親王は、和宮の幼い頃の許嫁《いいなずけ》だった。かつて幕府は、それを別れさせてまで、江戸に降嫁させたのだ。

その報復を意識した就任だった。

また有栖川宮家は慶喜の母の実家だ。宮家の外孫であることを、慶喜は何より誇りにしている。それを逆手に取ったのも明らかだ。

ここまで詰められると、偽勅として引っくり返すのは困難だった。

容保の心に、次第に諦めが広がる。

一月十日には慶喜とともに、容保の官位の剝奪と領地の没収も告知された。もはや左近衛中将《さこんえのちゅうじょう》ではなくなったのだ。

京都からの厳しい知らせが次々と届く一方で、江戸城内では天璋院の取りなしにより、慶喜が和宮との面会に成功した。

慶喜は徳川家の存続などを依頼したが、和宮は朝廷への謝罪だけを引き受け、侍女を京都へ派遣するという。

その一方で、鳥羽伏見の戦いの負傷者が、大坂湾に残っていた幕府軍艦に乗せられて、続々と品川沖に到着した。

鳥羽伏見の先鋒《せんぽう》だった会津藩には、特に負傷者が多く、彼らは中屋敷に収容された。

会津藩の中屋敷は浜御殿の隣地だが、芝の海岸沿いや三田《みた》にも下屋敷がある。やはり江戸湾の海防に用いた屋敷だ。

たちまち、どこも怪我人たちで溢《あふ》れた。


そんな中、神保修理が大坂から戻り、上屋敷に現れて、容保に向かって総髪の頭を深々と下げた。

「このたびのこと、たいへん申し訳なく存じます」

だが容保は首を横に振った。

「そなたのせいではない」

「されど私が江戸撤退を、上さまにお勧めしなければ、こんなことには」

確かに慶喜は大坂城を脱出した夜、神保にそそのかされたかのような言い訳をした。

だが容保は首を横に振った。

「いや、そなたが進言したのは、全軍揃《そろ》っての撤退だ。上さまは上さまのお考えで、行動されただけだ」

神保は、しばらく黙り込んでしまった。

「そなたが気に病むことはない」

そうなだめると、大粒の涙をぽろぽろとこぼした。

容保は神保の気持ちを和らげたくて、微笑《ほほえ》んで見せた。

「何を泣く？」

「そのように言って頂けて、身に余ることで」

涙で言葉が続かない。

「そなたのせいではない。私が上さまの仰せを拒めなかったのが悪いのだ」

すぐさま涙声が返ってきた。

「いいえ、殿のせいではございません。断じて殿のせいでは」

そして拳で涙をぬぐうと、背筋を伸ばして言った。

「どうか、私に切腹を、お命じください」

「何を言う？」

なぜ、そこまで思いつめるのか理解できなかった。しかし神保は重ねて言う。

「どうか、どうか、私に切腹を」

「切腹など許さん。そなたには切腹する理由などない」

きっぱりと言い切った。

神保が退出してから、ふと気づいた。もしかしたら周囲から責め立てられているのではないかと。

神保は海外事情に通じ、人脈も広かった。脱藩浪人たちとの接触もいとわず、藩内で危険視されることもあった。

容保は、そんな神保をかばってきた。しかし今度のことにより、藩士たちの中で完全に浮いてしまったのかもしれなかった。

退出した神保を、呼び戻そうとして思い留まった。

周囲から責められているのかと聞いても、讒言《ざんげん》のようなことを口にするはずがなかった。

その代わり、実質的な江戸留守居役だった外島機兵衛を呼んだ。

外島は陣頭指揮をとって、負傷者たちを中屋敷に収容し、医者を手配するなど奔走していた。

白髪交じりの髷《まげ》も乱れがちで、慌ただしげに容保の前に現れた。

神保について事情をたずねると、いつもの穏やかな口調ではなく、深刻な表情で言った。

「確かに、神保修理への風当たりは、そうとう強くなっております」

容保は即座に反論した。

「はっきりさせておくが、私が上さまにつき従って江戸に戻ったのは、神保のせいではないのだぞ」

そして今まで黙ってきたことを、初めて口にした。

「実は、上さまは大坂の船着き場で、ピストルをご自身の胸に突きつけて、私を脅したのだ。言うことを聞けと」

外島は驚いて聞き返した。

「ご自身を人質にして、殿を連れ去られたということですか」

「そうだ。あの時、将軍が亡くなったら、幕府方は総崩れになると思った。だから私も定敬も、言いなりになるしかなかった」

現状では、軍勢を立て直すという選択肢は消えている。

だから将軍への信頼など失《う》せてもかまわない。それよりも神保の切腹を止めなければならなかった。

しかし外島の反応は意外だった。

「その件は、どうか、ご内密に」

「なぜだ？」

「これから将軍家は、官軍に対して恭順なさるおつもりでしょう。ならば会津としても、それに従わねばなりません。されど、そのような姑息《こそく》な手段を用いて、殿を連れ去った事実が広まれば、将軍家への不信感が高まりましょう」

今も恭順策に対して、藩内では反対意見が強いという。

容保は深い溜息をついた。以前は戦うために、そして今は戦わないために、口をつぐまなければならないとは。

どうしても家臣は主人をかばう。

容保が、どれほど慶喜を突き放したくとも、かばわなければならない成り行きになるのと同じく、会津藩士たちもまた、容保をかばう。

殿は悪くはないと信じ、誰かを悪者に仕立てなければ気が済まない。その矛先が神保に向いていた。

そんな状況の中、たまたま城内で勝海舟に出会った。ふと妙案が浮かび、声をかけて引き止めた。

「勝どの、ひとつ、お願いがある」

海舟は恭順派の筆頭であり、抗戦派と目されている容保に対して、警戒心をあらわにした。

「なんでございましょう」

「実は、神保修理のことなのだが」

神保修理は海舟とも親しい。双方、長崎で暮らした経験があって、海外事情に通じており、いたく話が合ったのだ。

また海舟の弟子たちには脱藩浪人が多く、その縁で神保は倒幕側とも接点があったのだ。

容保は藩内で神保が孤立していることを打ち明けた。

「放っておけば切腹しかねない。なんとか助けてもらえないか」

すると勝は合点した。

「わかりました。そちらのお屋敷から、密《ひそ》かに連れ出しましょう」

「うまくいくだろうか」

「もとはといえば上さまのせいです。もしも発覚した時は、上さまのご命令として連れてまいりましょう」

それからほどなくして、神保の姿が上屋敷から消えた。海舟の手配で無事に出奔したに違いなかった。

いずれ、ほとぼりが冷めたら帰藩させるつもりで、容保は胸をなでおろした。

二月になると、定敬が血相を変え、騎馬のままで和田倉門から飛び込んできた。

「兄上、わが城が偽官軍に乗っ取られました」

「乗っ取られたとは、どういうことだ？」

「私が江戸にいるのをいいことに、家来どもが桑名の城を、勝手に開城したのです」

京都では総督である有栖川宮の下に、東海道鎮撫隊《ちんぶたい》、東山道鎮撫隊、北陸道鎮撫隊など、各地への派遣部隊が組織されていた。

それぞれが地方におもむき、徳川家の支配から外れて、朝廷に従属するよう勧めながら進軍するという。拒めば武力で従わせるという方針だった。

その中で西郷隆盛が参謀を務める東海道鎮撫隊が、京都を発進し、西から桑名に迫ったのだ。

一方、桑名の東には名古屋城がある。すでに尾張徳川家は松平春嶽同様、朝廷寄りの立ち位置だ。

つまり桑名藩は東西から挟まれてしまい、進退きわまって、藩主である定敬を見捨て、開城に応じたという。

帰る城を失い、二十三歳で隠居の身にされてしまった定敬に、容保は深く同情した。

「これからどうする？」

「とりあえず柏崎《かしわざき》にまいろうかと」

越後《えちご》の柏崎に、桑名藩の飛び地がある。そこに身を寄せるという。

「もし兄上が会津で抗戦を貫くのなら、かならず馳《は》せ参じます。奥州の諸藩が力を合わせれば、偽官軍の化けの皮をはがせます」

すでに京都から奥州諸藩に対して、会津追討の命令が下っている。

それを受け入れるかどうかは、各藩で慎重に検討しているらしい。

しかし容保は首を横に振った。

「もし上さまが恭順すると決められたら、わが家中は、それに従わねばならぬ。家訓に反することはできぬゆえ」

定敬は目を伏せて黙り込んだ。

兄弟の間では、もしもと仮定で話しているが、慶喜が恭順することは確定的だった。


二月四日、会津藩は恭順を表明した。

すでに慶喜の実弟である喜徳を養子に迎えており、容保は家督を譲って隠居した。国元に帰って、謹慎の姿勢を示すしかない。

柏崎におもむくという定敬とともに、暇乞《いとまご》いに登城すると、ようやく慶喜が面談に応じた。

意外なことに慶喜はふたりに詫《わ》びた。

「その方らには、すまないことをした」

いきなり謝罪されるとは思いもよらず、容保は戸惑った。

だが慶喜は淡々と続ける。

「このたびは、ふたりとも隠居して、国元に引き上げると聞いている。最後まで忠義をつくし、殊勝なことであった」

いよいよ違和感が増す。

容保自身は、みずからの意志で隠居するが、定敬は自分の預かり知らぬところで決められてしまったのだ。

それを、ひとくくりに殊勝と褒められても、定敬としては不本意に違いない。

言い返そうとした時、定敬が兄の袖を引いて、小さく顔を横に振った。今さら何を言っても仕方がないと言いたげだ。

勘の鋭い慶喜は、兄弟のやり取りを見抜いて言った。

「さぞ私を恨んでいることだろう。嫌ってもいるだろう。それでもよい。いや嫌われて当たり前だ」

自嘲的に言ってから、表情を改めた。

「ただ私は徳川家が滅びぬよう、力をつくしたつもりだ。内乱が起きれば、外国の侵略を招く。そうなれば日本が滅びて、徳川も薩長も滅びる。それだけは避けねばならない。ゆえに、その方らを大坂城から連れ出した」

容保は苛立《いらだ》ちを抑えて聞いた。

「なぜ今まで、その理由を、お聞かせになりませんでした？　ただ黙って脅して、無理やり軍艦に乗せて。なぜ今頃になって、そのような立派な理由を、お聞かせになるのですか」

「それは」

慶喜は苦しそうに答えた。

「私自身、覚悟が定まらなかった。そなたたちが隠居し、恭順するゆえ、私も決意した。ゆえに聞かせた」

「では私どもが恭順を表明しなかったら、上さまもなさらなかったとでも、おっしゃるのですか」

つい声が高まる。

「江戸帰還は神保修理のせいで、徹底抗戦を諦められたのは、私どものせいですか」

「いや、そういうわけではない。それに恭順は決して悪い選択ではない。いや、正しい選択だと、私は信じている」

「でも武士ならば徹底抗戦を選ぶものです。それを諦めるのは腰抜けで、上さまは会津藩に腰抜けの汚名を着せるおつもりですか。それなら、とことん戦って、偽官軍に偽朝敵の名を着せられる方が、はるかにましです」

すると慶喜は意外なことを言った。

「会津で戦いたければ戦うがいい」

容保は一瞬、呆気《あっけ》にとられたが、すぐさま言い返した。

「戦ってよいのなら、命を捨てて戦います。でも、ついさきほど、隠居して謹慎するのが、忠義だと仰せでしたでしょう」

「いや、主家のために命を捨てるのも、また忠義だ」

容保は、また慶喜の二枚舌ぶりを見せつけられた気がした。声高に言い返すことが、急に愚かしく思えた。

「上さまの仰せは、私にはわかりかねます。おそらく、どなたにも理解できないでしょう」

この二枚舌に振りまわされて、松平春嶽も去っていった。最後まで従おうとした自分が、愚かだったのだ。

容保は両手を前について、形式的に別れの言葉を述べた。

「長らく、お世話になりました。これが今生《こんじょう》のお別れになることと存じます」

二度と会いたくなかった。

すると慶喜も最後の言葉をかけた。

「会津が徳川将軍家に対して、代々、引き継いできた忠義だけは、最後まで捨てずにいてもらいたい」

そんなことは言われるまでもない。慶喜個人への憎しみと、徳川将軍家への忠誠心は別物だ。

それに慶喜の言い方が、もったいをつけた謎かけのようで不愉快だった。

定敬は、とっくに諦めたと言いたげに、口を真一文字に結んでいた。


容保は江戸屋敷をたたんで、国元に帰る準備にかかった。

そんな最中《さなか》、二月十日になって、容保と定敬をはじめとする大名や旗本二十四人に対して、登城禁止命令が下った。今さら登城する気もない。

この措置によって慶喜は、今まで会津が徹底抗戦を主張していたかのような印象を、偽官軍に与えるつもりに違いなかった。

とことん会津を悪者に仕立てて、徳川家は断絶を免れようという魂胆なのだと、容保は理解した。

その二日後には慶喜は江戸城を出て、将軍菩提寺《ぼだいじ》である上野の寛永寺に移り、そのまま謹慎に入った。

開城は勝海舟に委ねられた。

容保の会津への出発は十六日と決まり、その前夜、上屋敷に残っていた者を、藩邸内の馬場に集めて詫びた。

「鳥羽伏見の戦いの後、皆々を置き去りにして、江戸に戻ったことを心から恥じている。本当にすまなかった」

松明《たいまつ》の明かりを浴びて、藩士たちは殊勝な様子で聞き入っている。涙を流す者もいる。

容保は包み隠さず話してしまうつもりだったが、いざ、そんな家臣たちの姿を見ると、慶喜のふるまいを暴露することができなかった。

主筋なのだという意識を、どうしても捨てられない。慶喜を悪《あ》しく言い立てるのは、武士らしくない、男らしくないという思いが、口を閉ざさせた。

「何もかも、私が悪かった。本当に言い訳のしようもない」

そんな謝り方しかなかったが、藩士たちは容保の無念を理解し、こぞって涙にくれた。

翌朝、まだ夜が明けきる前の薄闇の中、容保は駕籠《かご》に乗り込み、行列を組んで和田倉門を出た。

十二歳で養子に来て以来二十二年の間、参勤のたびに暮らした屋敷だ。

もう二度と戻ることはない。これが最後の旅と覚悟して、内堀にかかる橋を渡った。

会津到着は二月二十二日だった。

容保一行を追いかけるようにして、江戸からの早馬が鶴《つる》ケ城《がじょう》に駆け込んだ。

それは神保修理の切腹の知らせだった。三田の下屋敷で腹を切って果てたという。

容保は目がくらむほどの衝撃を受けた。

「出奔していなかったのか」

その後の知らせにより、詳細がわかった。

勝海舟は約束通り手をまわして、密かに連れ出そうとした。

しかし、それが失敗して、いよいよ神保に対する反感が増した。やはり将軍の江戸帰還をそそのかしたのは、神保なのだと決めつけられたのだ。

そして藩士たちによって、密かに下屋敷に身柄を移された。その後、神保は非難を浴びて、みずから死を選んだのだ。

容保から切腹の命令が下ったと聞かされて、潔く腹を切ったともいう。

「誰が、そんな嘘を」

しかし、それを追及している余裕が、今はない。

なぜ海舟は、身柄の引き受けに失敗したことを、教えてくれなかったのか。

反神保の連中に、うまく騙《だま》されたのか。それとも江戸開城の大任を前にして、それどころではなかったのか。

あれほど海外事情に通じ、人脈も広い家臣は、神保修理のほかにはいない。

容保にとって、かけがえのない存在であり、その死を、今はただ悼むしかなかった。

# 四章　泣《きゅう》血《けつ》氈《せん》へ

容保は二月二十二日に国入りした。

恭順の姿勢を示すために、鶴ヶ城ではなく御薬園《おやくえん》という別邸に入った。

鶴ヶ城の東、歩いてもほどない距離にあり、庭園内で朝鮮人参《ちようせんにんじん》などの薬を育てていたことから、御薬園と呼ばれている。

城内では、恭順か抗戦かで真っ二つに分かれて、大激論になっていた。

将軍が恭順を選んだのだから、それに従うのが忠義だというのが、恭順派の主張だった。

一方、抗戦派としては、恭順などしたら自分たちが賊軍だと認めることになる。だから戦って潔白を証明すべきだという。

それによって将軍家の潔白も明らかになる。それこそが真の忠義だと訴えていた。

そこに近隣諸藩の動きが関わってくる。

すでに一月十七日の時点で、京都から仙台藩に対して、会津征討命令が下っていた。

もはや幕府は大政奉還して、日本の政権は朝廷にある。そこからの命令では拒むことはできない。

仙台藩は会津藩に恨みはないが、会津征討命令を承諾せざるを得なかった。

それを受けて、三月二十二日、奥羽鎮撫隊が仙台にやって来た。

東海道鎮撫隊などとは比べものにもならないほど、少人数の集団だった。

奥州最大の仙台藩に、近隣の会津藩を攻撃させる計画であり、自前の軍勢など不要という考えだった。

隊を率いる鎮撫総督は九条道孝といって、左大臣まで務めた最上級の公家だ。

もともと幕府寄りの立場で、容保との信頼関係も、きわめて良好だった。

九条道孝が仙台に派遣されてきたと聞いて、容保は話が通じやすいと期待した。

ただし世良修蔵《せらしゅうぞう》という長州藩士の評判が、きわめて悪かった。

九条道孝に同行してきた参謀で、まったく譲歩する気はなく、とにかく会津を滅ぼせと、強硬策ばかり主張しているという。

そんな中、外島機兵衛が江戸で急死したと知らされた。

実質的な江戸留守居役だった外島は、容保が江戸を出発した後も、会津藩の免責を訴えるために、江戸に残っていたのだ。

容保は思わずつぶやいた。

「もしや、誰かに命を狙われたか」

だが急に倒れて、そのまま息を引き取ったのは間違いないという。

いわば恭順派の筆頭だった外島が亡くなり、そこに世良修蔵の強硬策が聞こえてきて、会津藩内では徹底抗戦の声が、急速に高まっていった。

四月に入ると、ふたたび江戸から知らせが届いた。

江戸城が東海道鎮撫隊に引き渡され、慶喜の身柄は水戸に移されたという。

慶喜に対する腹立ちは、まだ収まりはしないものの、江戸城の引き渡しは、容保の胸に迫るものがあった。

会津松平家に養子に来て以来、将軍家への忠誠心は骨の髄まで染み込んでいた。その象徴ともいえる江戸城が、手の届かないところに行ってしまった気がした。

四月十八日には、仙台藩、米沢藩、二本松藩が、奥羽鎮撫隊との仲介役として、九条道孝の要求を伝えてきた。

三藩とも会津に同情し、討伐を避けるために、尽力してくれていた。

しかし内々に示された条件は、ことのほか厳しいものだった。恭順するのであれば、まず容保と養子である喜徳の首を差し出せというのだ。

そうなると藩主の後継を断つことになり、そのまま家名の断絶や、藩の消滅に至る。

容保は自身の甘さを痛感した。

九条道孝は幕府寄りだったからこそ、もっとも難関の奥州に送り込まれたのであり、彼自身、寛容は許されない立場だったのだ。

その条件を聞いて、代わりに首を差し出してもいいと申し出る重臣が現れた。

容保と喜徳の命は渡せないが、もし自分でよければ、喜んで犠牲になろうという。

だが藩内の抗戦派は断固反対した。何も悪いことはしていないのだから、誰の首も差し出す必要はないと譲らない。

それもまた理にかなった主張だった。

容保は江戸屋敷を捨てて、会津に戻ってきた時には、恭順するつもりだった。

しかし、そんな意向など、いつの間にか吹き飛んでしまった。

もはや容保自身、どちらとも決断しがたい。たとえ決めたとしても、それを押し通せる立場ではなくなっていた。

ふと慶喜を思いやった。鳥羽伏見の戦いの後の慶喜は、今の自分と似た立場だったのではないかと。

だから決めかねて、逃げたのかもしれなかった。

容保としては逃げるつもりは毛頭ない。恭順か抗戦か、ひとたび、どちらかに決したら、それに向かって邁進《まいしん》するのみだ。

思い返せば、今まで薩長は武力を背景に、朝廷を意のままに操り、徳川家や会津藩に賊軍の汚名を着せた。

抗戦派の言う通り、その返上こそが徳川家への忠義であり、まさに家訓に即した行動かもしれなかった。

そのためには、こちらも相応の武力を持たなければ、交渉の舞台にさえ立てない。強力な武力で勝利を収めれば、かならずや名誉は回復できる。

八月十八日の政変や、蛤御門の変で勝利したことによって、孝明天皇の奸臣《かんしん》を追い払えたように、勝利することでこそ正義を通せる。

敵が、まがりなりにも官軍を名乗れたのは、勝利を収めたからにほかならない。まさに勝てば官軍だった。

容保は御薬園の庭を見つめた。

歴代の藩主が、ここに足を運んだ。彼らは皆、将軍家への忠誠を誓い、会津の誇りを重んじてきた。

抗戦か恭順か。どちらが真の忠誠になるのか。どちらが誇ることのできる選択か。

また慶喜の行動を思う。逃げた挙げ句に恭順に走った。あれは、どう考えても誇るべき選択ではない。

そう気づいた時に、初めて容保の迷いは消えた。とうとう武力抗戦に心が定まったのだ。

そして御薬園を出た。家臣たちの大歓声で鶴ヶ城に迎えられ、そのまま臨戦態勢に入った。

まずは薩長を中心とした軍勢を西軍と呼び、迎え撃つ自分たちは東軍と称した。

会津藩の軍制は、すでに改められていた。鳥羽伏見での敗戦を教訓に、フランス式の調練を取り入れ、新式の銃砲を買い入れて、部隊編成も年齢別に変更した。

容保は江戸湾の海防を務めた頃から、西洋式銃砲の必要性は理解していた。

だが海防や、その後の京都守護職で、莫大《ばくだい》な金が費やされ、買い入れる余裕がなかったのだ。

しかし今度ばかりは、持てる金を、すべて銃砲購入に注《つ》ぎ込んだ。

部隊編成は、十六歳から十七歳までを白虎《びゃっこ》、十八歳から三十五歳までを朱雀《すざく》、三十六歳から四十九歳までを青龍《せいりゅう》、五十歳から五十六歳までを玄武《げんぶ》として分けた。

鳥羽伏見での戦闘では、老若入り混じっていたために足並みが揃《そろ》わず、それも敗戦の一因になったことを反省したのだ。

容保は仙台藩や旧幕府陸軍の将兵たちと、密《ひそ》かに連絡を取り合った。

一部の旧幕臣たちは徳川家の恭順を潔しとせず、江戸から脱走し、関東平野の北端に近い宇都宮城を狙っていた。すでに宇都宮藩は西軍に恭順していたのだ。

四月十九日に宇都宮で激戦が始まった。

旧幕府陸軍は新型の銃砲を備えており、扱いにも優れている。そのため宇都宮城を難なく落とした。

しかし、すぐに新政府軍が猛反撃に出て、三日後には城は取り戻されてしまった。

宇都宮の北に位置する拠点は白河城《しらかわじょう》だった。奥州路の入り口であり、古くは関所が設けられていた。

宇都宮と白河の間は、わずか十四、五里で、途中に主だった城はない。

そこに奥羽鎮撫隊の参謀で、悪評の高い世良修蔵が、会津攻撃の拠点にしようと乗り込んだ。

世良は白河城を仙台藩に預けると、自分は福島へと移動していった。

仙台藩は会津藩と通じており、世良の行動は、すべて会津に筒抜けとなった。

宇都宮城の攻防の、ほぼひと月後、容保は白河城への出兵を決めた。

そして三尺達磨《さんじやくだるま》の西郷頼母に命じた。

「軍勢を率いて南下し、白河城を手に入れよ」

容保は長く頼母を遠ざけてきた。

特に蛤御門の変の直前に、勝手に藩士たちに帰国を促したことが許しがたく、謹慎を命じた。

しかしながら頼母を信頼する若手の藩兵は、意外に多い。ここのところ家老復帰についての進言も相次いだ。

容保自身、養子に来た当初、頼母ひとりが頼みだったことを忘れたわけではない。頼母としては、謹慎は思いがけないことだったに違いない。それは会津藩が思いもかけず、朝敵の汚名を着せられたことと重なる。

できることなら謹慎の汚名返上の機会を、与えてやりたかった。

白河城は、こちらから攻めていけば、仙台藩士たちは形式的に抵抗するだけで、城を明け渡す話がついている。

さほど難しい攻略ではない。

そこで容保は、白河攻めの総督として、頼母の抜擢《ばってき》を決めたのだ。

頼母は久しぶりの大役に張り切って、藩兵を率いて白河に向かった。

仙台藩は約束通り、早々に白河城から撤兵した。

西軍本体は、いまだ宇都宮の守りに手一杯で、白河には兵をまわせない。

西郷頼母は難なく入城し、白河は無事に会津藩の支配下に入った。

だが五月一日には西軍が猛攻に出た。

会津藩士が三百名も命を落とし、頼母は残った藩兵をまとめて、敗走せざるを得なかった。

その間に、福島で重大事件が起きていた。世良修蔵が複数の仙台藩士によって、殺害されたのだ。

仙台藩は会津藩と鎮撫隊の仲立ちに、力をつくしてきた。

それなのに世良は譲歩の気配もない。

そもそも会津藩に厳しい条件を突きつけてきたのは、九条道孝ではなく世良だったのだ。

しかし、まがりなりにも鎮撫隊の参謀を殺したからには、朝廷とは手切れになったも同然だった。

そのため仙台藩のみならず、奥州から越後にかけての諸藩は、こぞって手を結び、五月六日に奥羽越列藩同盟が成立した。

武力を背景にして賊軍の汚名をそそぐことが、徳川家への真の忠義であると、各藩が同調したのだ。

まさに大軍勢である東軍の旗揚げで、会津でも一気に士気が高まった。

以来、幕府の恭順を潔しとしない者が、会津に続々と集まってきた。

定敬はもちろん、一緒に慶喜に江戸まで連れてこられた老中なども、会津をよりどころにした。

新選組の土方歳三《ひじかたとしぞう》も、久しぶりに容保の前に姿を現した。

いつの間にか洋服姿に変わっていた。

「よく似合っているな。されど、あれから大変だったのではないか」

新選組は大政奉還の数ヶ月前に、すでに京都守護職の預かりから離れて、幕府直参《じきさん》として取り立てられていた。

容保は彼らの出世を喜んで送り出したが、鳥羽伏見での混乱以来、どうしているかと気にかかってはいた。

「近藤勇《こんどういさみ》は、どうした？　一緒に来なかったのか」

近藤と土方は、どちらも江戸の西、多摩の農家の出で、京都では局長と副長として息が合っていた。

するとと土方は端整な顔を伏せて答えた。

「局長は亡くなりました」

「そうか」

すでに大勢が死んでいる。その中でも、特に危険を顧みず、常に率先して戦った新選組だけに、誰が命を落としても不思議ではなかった。

「どこで戦って死んだのだ？」

「いえ、戦死ではなく、首をはねられました」

「首を？」

信じがたい話だった。

近藤勇は鳥羽伏見の戦いが始まる前に、かつて新選組の仲間だった男に、狙撃されて重傷を負ったという。

「右肩でしたので、もう刀が使えないということと、もはや刀の時代ではないということで、その頃から、局長は意気消沈していました」

江戸に帰ってきてからは、近藤勇は大名級の地位を与えられて、甲府城に派遣された。

しかし甲府入城直前で、敵の東山道鎮撫隊と戦闘になって敗走したという。

「私も華々しく戦って、最後の花を咲かせるつもりでしたが、率いていった者たちは江戸で集めたばかりの新参でしたので、気がつけば離散しており、まともに戦えるだけの人数がおりませんでした」

江戸まで撤退し、さらに下総《しもうさ》方面に移動していた時に怪しまれて、敵陣まで出頭を命じられたという。

「逃げようと説得しましたが、局長は正々堂々と名乗り出ると言い張って、私とは袂《たもと》を分かちました」

近藤勇は肩を負傷した身で、どうしたら将軍家の役に立てるのかを、ずっと考えていたという。

「局長は敵方に出頭する前に、こう申しました。戦いになった以上、敵の憎しみを受け止める者が必要だ。誰かが、その役目を引き受ければ、ほかの者たちは助かる。刀を使えなくなった自分には、もう、そのくらいしかできることはない。新選組の局長が血祭りに上げられたら、敵の腹も少しは収まろう。だから出頭するのだと」

自分は出頭するけれど、土方には逃げ切って、納得できるまで戦えと勧めた。

「出頭した後は、新選組の近藤勇だと、みずから名乗ったのでしょう。結局、板橋宿まで連行されて、首をはねられたと聞いています」

武士らしい切腹でもなく、戦死でもなく、斬首だったことが哀れだった。

しかし土方は顔を上げて言った。

「でも憎しみを引き受けて死ぬことが、局長の望みだったのですから、それで満足だったと思います」

確かに近藤勇らしい死に方だった。

土方は両手を前についた。

「ひとつ、お願いがあります」

「なんだ?」

「会津に墓を建ててやりたいのです。このままでは浮かばれませんので」

「わかった。ならば、しかるべき寺に話を通そう」

容保は小姓の浅羽忠之助に命じた。

「天寧寺に墓地を用意せよ」

会津の上級武士たちの菩提寺《ぼだいじ》だ。

「あまり目立たぬ場所がよいであろう」

罪人として死んだことがわかれば、墓が荒らされかねない。

結局、天寧寺の裏山の墓地の中でも、奥まった場所に決まり、土方が墓石を用意して供養した。

容保の心に近藤の言葉が深く響いた。

「戦いになった以上、敵の憎しみを受け止める者が必要だ。誰かが、その役目を引き受ければ、ほかの者たちは助かる」


その後も西郷頼母は、会津と白河の藩境に留《とど》まり、白河城の奪還を試みていた。

西郷のもとに東軍が結束したことで、一時は四千五百人もの大軍に膨れ上がった。

だが敵は少人数でも銃砲の性能が上まわり、味方の戦死者は増えるばかりだった。

しだいに西軍は勢いづき、奥州各地で戦闘が始まり、東軍諸藩は白河ばかりに兵を投入できなくなった。

自分たちの城の守りとして呼び戻され、四千五百の大軍は、櫛《くし》の歯が抜けるように減っていった。

奥州各地から苦戦の知らせが届く中、とうとう頼母は七月十二日に白河から撤退した。

それを機に、奥羽越列藩同盟からの諸藩の離脱が始まり、開城が相次いだ。

七月二十九日に、とうとう二本松城が落ちた。二本松は会津の東に位置し、互いの城の間には、山並みがふたつと猪苗代湖《いなわしろこ》があるばかりだ。

もはや目と鼻の先に西軍が迫っていた。

八月二十二日の早朝に、伝令が鶴ヶ城に駆け込んできた。

「昨夜、母成峠《ぼなりとうげ》が敵に突破されましたッ」

容保は衝撃で目がくらみそうだった。

「西郷頼母は、いかがいたした？」

「峠を守りきれず、猪苗代に引きました」

「そうか。わかった。下がってよい」

平静を装ったものの、怒りが爆発しそうだった。

ひと月あまり前に、頼母が白河城を奪還できずに会津に戻ってきた時、容保は非難しなかった。

武器の性能の違いが大きかったのは、すでに承知している。

だから二本松城が落ちた時に、もういちど機会を与えた。それが母成峠の守備だった。

母成峠は二本松と猪苗代湖の間で、会津からは北東に位置する。

険しい山中にあり、敵は縦に長い隊列を組んで、狭い峠道を登ってこなければならない。それを白刃戦で片端から撃退すればいい。

白河城の銃砲戦と違って、会津の武術が活《い》かせるため、けっして守りにくい場所ではないはずだった。

もっと難しい場所は、平坦《へいたん》な街道沿いなど、いくらでもある。そういうところは、必死に敵を食い止め続けている。

よりによって母成峠が破られたとなると、敵は猪苗代湖畔になだれ込んでくる。

湖畔には小さな平野が広がり、亀ヶ城という陣屋がある。

しかし亀ヶ城は立てこもるにはいいが、周囲が平坦なため、こちらから討って出て、敵の進軍を止めるのには向かない。

猪苗代湖から会津盆地に向かうには、もうひとつ山を越えなければならない。

その山裾に戸《と》ノ口原《くちはら》という高台が広がる。ここなら登ってくる敵を迎え討ちやすい。

だから母成峠の次に守るべき場所は、亀ヶ城ではなく戸ノ口原だった。

そこが破られたら、今度こそ敵は会津盆地になだれ込んでくる。会津藩にとって、戸ノ口原こそが最後の砦《とりで》だった。

容保は小姓の浅羽に命じた。

「亀ヶ城に伝令を出せ。戸ノ口原に兵を集中させて、なんとしても敵を撃退せよと伝えよ。私は城を出て、滝沢本陣で陣頭指揮をとるゆえ、その準備もすぐに」

今や緊急事態であり、城中にいては連絡にも手間取る。

それに負けが込んでいるだけに、自身が姿を見せることで士気を高めたかった。

「かしこまりました。では殿の警護役として、白虎隊を集めます」

浅羽は一礼して、すばやく御座所から退出した。
十六、七歳の少年たちで構成される白虎隊には、今まで出動の経験がない。
だが屈強な男たちは、朱雀も青龍も玄武も、すべて要所要所に出払っている。残っているのは白虎隊だけだった。

昼過ぎに出動準備が整い、容保は騎馬で北《きた》出丸《でまる》に向かった。

そこで待ち受けていた白虎隊と、初めて対面した。

重そうな銃を肩にかついではいるが、どの顔にも体つきにも幼さが残り、緊張の面持ちだ。

中には、十四、五にしか見えない者も混じる。隊に加わりたくて、年齢を偽ったに違いなかった。

白虎隊は一番隊と二番隊に分かれている。

容保は、そのうちの一番隊を城内の警備として残し、二番隊に滝沢本陣までの同行を命じた。

日向内記《ひなたないき》という四十過ぎの藩士が隊長を務めており、その指示で少年たちが容保の馬の前後につく。

古式ゆかしい法螺貝《ほらがい》の音で、藩主の出馬が広く知らされ、一行は城下町を北に向かった。

滝沢村は飯盛山《いいもりやま》の山裾にある集落だ。

鶴ヶ城から北東に一里ほどで、かつては参勤交代の際に、最初に休息をとった場所でもある。

街道沿いの豪農の住まいに本陣が併設されており、藩主専用の門と玄関、それに座敷が、街道沿いに設けられている。

その座敷に入るなり、容保は七ヶ月あまり前の伏見奉行所を思い出し、嫌な予感がした。あの時と状況が似ていたのだ。

建物の規模こそ比べものにならないが、畳はすべて上げてあり、容保の出で立《いた》ちも緋《ひ》色《いろ》の陣羽織姿だ。

小雨がぱらつき、もう秋が深まって日没も早い。

前線からの知らせを待つという状況まで同じだった。

ただし今度は負け戦ではなく、なんとしても勝利を聞きたかった。いや聞かなければならない。

気温も、あの時の伏見と同じように冷え込むが、容保は、もっともっと寒くなれと念じていた。いっそ小雨が雪になってほしかった。

あとひと月ほど戸ノ口原を守り切れば、初雪が降る。

薩長土肥の西軍は雪に不慣れであり、雪が積もれば、かならず攻撃は止まる。

その時こそ、いい条件で敵と交渉できる好機だ。

盆地と積雪は会津藩の強みだ。

その昔、初代会津藩主となった保科正之が、この地を得た裏には、二代将軍徳川秀忠の事情が絡んでいた。

徳川秀忠の御台所《みだいどころ》であるお江《ごう》は、夫よりも年上で、まして伯父《おじ》である織田信長に似て、負けん気が強かった。

そのため秀忠は妻に頭が上がらなかった。密かに侍女に手をつけて、男児が生まれてしまったが、妻の手前、ひた隠しにした。

この男児は、信州高遠藩《たかとおはん》の保科家に引き取られ、保科正之として成長した。

家光は三代将軍になってから、その存在を知り、自分に弟がいたことを喜んだ。すでに兄弟は亡く、残っていたのは姉妹ばかりだったのだ。

そのため保科正之を大名として取り立てて、会津二十三万石を与えた。

三代将軍家光が、大事な弟に与えただけの価値が、会津にはあった。

まず土地が肥沃《ひよく》で、盆地のほぼ全域が米どころだ。秋には見渡す限り、たわわに実る稲穂で黄金色に染まる。

それに雪国では冬場の火災が少ない。

江戸をはじめ、関東各地の城下町や門前町では、冬の乾燥期に大火事が発生しやすい。だが雪が積もっている限り、その心配はなかった。

さらに地形的に守りやすい。

藩境が平地だったり、川だったりすると、限りなく守備範囲が広くなる。だが盆地は周囲の峠を固めればすむ。

まして冬になれば、周囲の山々に積もる大量の雪で、いよいよ敵は侵入しにくくなる。春から秋にかけて兵を配備すればいいだけで、きわめて守りやすい土地柄だった。

そんな利点を、容保自身も充分に承知している。

だからこそ今は、なんとしても会津盆地に敵を入れたくない。先祖伝来の地を守り抜きたかった。

知らせはまだかと、容保が滝沢本陣の縁側まで進み出た時だった。

山の方角から、馬が駆けてくる蹄《ひづめ》の音が、かすかに聞こえた。

浅羽忠之助が逸早《いちはや》く気づいて、縁側から飛び降り、小さな前庭を突っ切って、門から街道へと走り出た。

蹄の音が大きくなり、浅羽が両腕を広げて待ち構えるところに、馬の姿が現れた。乗ってきた伝令は、浅羽に手綱を預けるなり、鞍《くら》から飛び降り、本陣の前庭に駆け込んだ。

その姿を見て、容保は、いい知らせではないと直感した。

伝令は縁側前に片膝をつき、肩を激しく上下させて報告した。

「戸ノ口原で苦戦が続いています。どうか援軍を、お願いいたします」

やはり、と胸がつぶれる思いがした。

伝令は、なおも肩を上下させて言った。

「今のままでは休むこともできず、体力の限界です。夜間の守りだけでも、交代できればと存じます」

援軍に出すなら、もはや、ここに来ている白虎隊以外にいない。

その年齢を思うと、ついためらいそうになるが、そんな余裕はない。

戸ノ口原を守っている藩士たちは、命をかけて戦い続けている。とにかく彼らを助けなければならなかった。

背後に控えていた隊長の日向内記を、振り返って命じた。

「すぐに出陣援軍に出よ」

「かしこまりましたッ」

日向は裏手で控えていた少年たちに、集合をかけに走った。

容保は大股で座敷に戻り、奥州の絵図を手に取った。

奥羽越列藩同盟は崩壊し、今なお西軍と戦い続けているのは、会津のほかは仙台藩や米沢藩など、わずかだ。

だからこそ気持ちを強く保たねばならなかった。

庭先で日向の声がした。

「白虎士中二番隊三十七名、揃いました」

すぐに踵《きびす》を返して縁側に出た。

さして広くない前庭は、少年たちで、いっぱいになっていた。

十七歳といえば、容保が初めて国入りし、藩校の日新館を訪ねた年齢だ。あの頃の自分は、まだまだ子供だったと思う。

ここ数ヶ月、白虎隊は銃の訓練はしてきたが、年端《としは》もいかない少年たちが、どこまで実戦の役に立つかはわからない。

そんな心もとない状況で、まして苦戦している前線に送り出すのは、さすがに忍びない。

特に、ここまで育てた両親の心を思うと、哀れでならなかった。

それでも心を鬼にして命令を下した。

「これより戸ノ口原へ、援軍にまいれ」

目を輝かす者もいれば、緊張を新たにする者もいる。

日向が銃を縦に持ち、背筋を伸ばして一礼した。

「ただ今から戸ノ口原に向かいますッ」

少年たちもいっせいに同じ姿勢になった。

「かならずや守りきってくれ」

容保の頼みを、日向が復唱する。

「かならず守りきりますッ」

そして日向が先頭に立ち、全員が門から出ていく。

容保も縁側から降りて、門の外まで出た。

緩やかな上り坂の街道を、一同は隊列を組んで、山に向かって歩き出す。

夕暮れには間があるものの、雨雲は低く垂れ込め、あたりは小雨で煙っている。

兵糧《ひょうろう》を持たせたいが、飯が炊けるまで待つ時間もない。村人たちに握り飯を作らせて、後から届けるしかなかった。

まだ大人になりきっていない後ろ姿が、山に向かって遠のいていく。

容保は祈るような気持ちで見送った。なんとか戸ノ口原を守りきり、無事に帰ってきてくれと。

その夜、容保は滝沢本陣で、まんじりともせずに過ごした。

闇の中で雨音が耳につく。

雪になって敵を防いでくれという思いと、前線に出ていった者たちが、冷たい雨をしのぐ場所はあるのかという憂いとが、心の中で交錯する。

二十三日の明け方になって、うつらうつらし始めた時だった。

突然、ぱぱぱんという甲高い音を聞いた。

「銃声かッ」

暗がりの中で飛び起きると、隣にいた浅羽忠之助が素早く立ち上がった。

なおも銃声は続いている。

すぐそばではないものの、少しずつ近づいている気配だ。

「様子を見てまいります」

浅羽は急いで縁側に向かい、雨戸を一枚だけ開けた。

藩主用の座敷と縁側の間には、もうひと間あるが、襖《ふすま》は取り外されており、外まで見通せる。

すでに夜が明けていて、ほの明るい光がこちらにまで届く。

浅羽は雨戸の隙間から身を滑らせて、外に出ていった。

しだいに街道が騒がしくなる。銃声とともに大勢が歩いてくる気配がする。味方の凱旋《がいせん》か。いや味方ならば、こんなところで発砲などするはずがない。たとえ凱旋だったとしても、いきなり守備から離れるわけにはいかず、大勢で戻ってくることなどありえない。

雨戸の隙間から、浅羽が大慌てで戻ってくるのが見えた。

浅羽は部屋の中に飛び込むと、もどかしげに雨戸を閉めた。

わずかに隙間ができて、そこから光が差し込む。

「敵か」

容保の問いに、浅羽はかたわらに滑り込むようにして答えた。

「敵です。村外れから家々に向かって、むやみに発砲しながら進んできます。どうか殿は、裏手からお逃げください」

容保は首を横に振った。

「逃げぬ」

「されど、ここにいては危のうございます。守りの者もおりませんし」

昨夜、白虎隊を送り出してから、近習は数名しかいない。

容保は声を殺して話した。

「ここまで敵が来たということは、戸ノ口原の守りが破られたということだ。一気に大軍が押し寄せるだろう」

もはや逃げたとしても、どこかで捕まるのは目に見えている。慌てて逃げ惑った挙げ句に、道端に引き倒されて、雑兵《ぞうひょう》たちから辱めを受けるのだけは避けなければならない。

「ここで死ぬなら、それも定めだ」

そっと自分の脇差に手を触れた。

「もし敵に見つかって進退きわまったら、腹を切るゆえ介錯《かいしゃく》を頼む。その後は、ここに火をかけよ。私の亡骸《なきがら》を敵に渡すな」

松平容保とわかれば、首をさらされる。

そうさせないためには、本陣の建物ごと焼いてしまうしかない。

浅羽の苦しげな声が返ってきた。

「かしこまりました」

「ほかの者たちには騒ぎ立てるなと申し伝えよ。それから手焙《てあぶ》りに火をつけておけ」

放火のための火種が必要だった。

「はいッ」

浅羽がかたわらを離れ、隣室に駆け込んだ。

近習たちに伝える声が聞こえた。

「何が起きても騒ぎ立てるな。よいな」

すぐに戻って、小さな火鉢の前に膝をついた。

昨夜の消し炭を、手早く灰の上に組み上げ、自分が履いている草鞋《わらじ》から藁《わら》を少しむしり取って、その下に押し込む。

火つけ石と硫黄《いおう》を塗った付木を、小箱から取り出して、もどかしげに石を打ち始めた。

二度、三度と火花が散る。

外は、いよいよ騒がしくなっている。銃声も、もう間近で聞こえる。

だが容保は自分でも意外に思うほど、落ち着いていた。

鳥羽伏見の戦い以来、大勢の家臣たちが、容保の命令によって戦死している。いつか自分もという覚悟は、とうにできている。

それが今なのかもしれないだけで、慌てふためく必要はなかった。

火花が付木に移り、ぽっと炎が上がった。

その明かりを受けて、浅羽の強張《こわば》った横顔が闇に浮かぶ。

その時、街道から大声が聞こえた。

「ここが怪しい。門を蹴破れッ」

村の中で、ひときわ大きなこの建物に、敵が目をつけないわけがない。

さすがに容保は身を固くした。

浅羽は手早く自分の羽織を脱いで、火鉢にかざし、外から炎が見えないように隠した。

何度か大きな破壊音が繰り返された。

手荒く門が開けられたらしく、何人もが庭に踏み込む足音が続く。

いきなり雨戸が一枚、内側に飛び、次の瞬間、すさまじい銃声が鳴り響いた。

銃弾が目と鼻の先をかすめる。天井にも床にも向かって、次々と弾が飛ぶ。

しばらく乱射が続いたが、ようやく静かになった。開いた雨戸の向こうに、人影が浮かぶ。

少し及び腰ながら、中の様子をうかがっている。

相手が、もういちど銃をかまえた。こちらに気づいたのか。

容保は奥歯をかみしめた。

浅羽は羽織を炎にかざしたまま、息をひそめ、ぴくりとも動かない。

もう一発が発射され、浅羽の耳元をかすめて、奥の壁に当たった。

火薬の匂いが、こちらまで届く。

雨戸の向こうから、ひとり言が聞こえた。

「空き家か」

そしてきびすを返して、門に向かっていく。

「誰もおらん。弾の無駄だ」

庭になだれ込んだ者たちも、次々と後に続いて出ていく。

容保が胸をなでおろした時だった。

雨戸の向こうから、もうひとりが、ひょいと顔を出したのだ。

思わず息を呑《の》む。

その男は、まじまじと中をのぞく。なかなか立ち去らない。

今度こそ見つかると、覚悟を決めた。

すると門の方から声がかかった。

「何をしてるッ。もう行くぞッ」

男はくるりと後ろを向いて、門の方に駆け出していった。

門の外からは大勢の足音が聞こえてくる。それが城下に向かって遠のいていった。

まだ銃声は続いてはいるが、もう本陣に戻ってくる気配はない。

容保は深い息をつき、浅羽は火鉢の縁に突っ伏した。

気づけば全身が総毛立っていた。

だが安堵《あんど》している場合ではない。とうとう敵が会津盆地に侵入してきたのだ。後は籠城しか道は残っていない。

容保は近習たちとともに、裏手の不動川《ふどうがわ》沿いに出た。

それからは、あちこちで敵の動きを聞き合わせながら、大きく遠まわりをして城に向かった。

なんとか鶴ヶ城にたどり着いて間もなく、城下町に火の手が上がった。

思いもかけなかった速さで、敵兵が攻め込み、手当たり次第に放火を始めたのだ。

半鐘がけたたましく鳴り、大量の黒煙がたなびいて、逃げ惑う悲鳴が城内にまで聞こえてくる。

町人たちは郊外へと逃げ、藩士の家族たちは続々と入城してきた。

城内にいる男たちは、警備として残してあった白虎一番隊と、後は老兵ばかりだ。

そんな中でも主だった者を、容保は本丸の広間に集めて、これからどうするかを諮った。

母成峠から戻ったばかりの西郷頼母が、まず持論を述べた。

「もはや援軍は、どこからもまいりません。お城は孤立しています。籠城しても先が開けず、無意味な籠城になります。ならば今、開城すべきでございます」

まだ仙台藩と米沢藩は戦い続けている。

だが両藩とも自藩の守りで手一杯で、会津に援軍を送る余裕などない。

見る間に老臣たちの顔が、憤怒《ふんぬ》の形相に変わった。

ひとりが中腰になって、いきなり頼母に怒声を浴びせる。

「開城だとッ？　ならば西郷どのは、ひとりで敵に降《くだ》ればよいではないかッ」

ほかも大声で同調し始めた。

「仙台と米沢は、われらが家中のために戦ってくれているのだぞ。なのに、それに先んじて開城など、よくぞぬけぬけと申すものだッ」

「その通りッ。腰抜けなど、この城には用はないッ」

「白河の城を敵に奪われ、母成峠も守りきれず、こうして敵に囲まれたのは、誰のせいじゃッ」

「おめおめと負けて帰って、生き恥をさらし、それでも会津の侍かッ」

「皆、いさぎよく死んだのだぞッ。家老まで務めた者が、何度も生きて戻るとは、恥を知れ、恥をッ」

頼母は大きな目を伏せて黙り込み、両拳を腿《もも》の上でふるわせた。

容保も頼母には落胆していた。せっかく二度も汚名返上の機会を与えたのに、それを生かせなかった。

そうはいっても、ここまで集中的に罵倒されると、かすかな憐《あわ》れみが湧く。

誰しも負けたくはない。容保自身、なんとしても勝ちたいと切望しつつ、鳥羽伏見以来、負け続けてきた。

それに養子に来て数年、頼母ひとりを頼りにしたことを思うと、どうしても突き放し切れない。

また頼母の主張にも一理ある。孤立した城に、女子供や年寄りたちが逃げ込んでくる。彼らを救うなら降伏するしかないのだ。

しかし、この雰囲気の中、それは口に出せない。

「もうよい」

なおも続く怒声を、容保は制した。

「西郷は長岡口へ使いにまいれ。城が敵に囲まれたと知らせよ。子息も連れていくがいい」

たちどころに座が鎮まった。容保の言葉の裏を、全員が理解したのだ。伝令など、家老まで務めた男が親子で務める役目ではない。もう帰ってくるなという意味であり、事実上の城外追放だ。

だが冷淡に徹しての追放ではない。むしろ、そうすることで頼母と跡継ぎの息子を助けたかった。

容保は今後の方針について、自分の意見を述べた。

「ここは天下に名だたる名城だ。ひと月や、ふた月の籠城には耐える。そうしていれば雪が降る。これほど城下を焼いてしまっては、敵には滞陣する場所もない。かならずや弱気にもなる。雪が味方した時こそ、敵との取引の好機だ」

ほとんどの老臣たちは深くうなずく。

だが、ひときわ白髪の目立つ男が、立ち上がって言う。

「お言葉を返すようではございますが、敵との取引など、お考えあそばしますな。後は城を枕に、揃って討ち死するのみッ」

するとと頼母が言い返した。

「いや、死んだら、それきりだ。未来永劫《みらいえいごう》、賊軍の汚名はそそげぬ。できる限り命ながらえて、会津の潔白を示すのだ」

すぐさま怒声が返ってくる。

「何を申すかッ。命ながらえるとはッ」

「それほど死ぬのが怖いかッ、腰抜けめッ」

「生きて潔白を示せるのなら、とうに示しているわいッ」

ひとりが目を血走らせ、刀の柄《つか》に手をかけた。

「命を惜しむとは、会津武士の風上にも置けぬッ。成敗してくれよう」

刀を抜こうとするのを、周囲が懸命に制し、頼母に向かって怒鳴る。

「早く出て行けッ。もう戻るなッ」

「お城の外で、野たれ死ぬがいいッ」

すると頼母は胸を張り、なおも言い返した。

「わしは死なぬぞッ。生き抜いて、会津の正義を世に問うつもりだッ」

いっせいに怒号が沸き、もう聞き取れない。

容保は右手を大きく払って、もう行けと身振りで示した。

頼母は容保と視線を合わせたまま、力強く立ち上がった。三尺達磨の大きな目が、かすかに潤んでいる。

おそらくは、これで永遠の別れになる。主従とも、それを覚悟している。

なおも怒号が飛び交う中、頼母は、こちらに背を向け、黙って広間を出ていった。

容保も黙ったまま、その背中を見送った。


各方面に伝令を送り、籠城の決定を知らせた。

これを受けて、各地を守っていた部隊が、続々と帰城してきた。

同時に、要所要所が通り放題になり、西軍の進軍が一挙に速まった。

鶴ヶ城の周囲が、日毎《ひごと》に敵兵で埋めつくされていく。

容保が滝沢本陣から戻ったのが二十三日で、三日後の二十六日には城内への砲撃が始まった。

城の南東に小田山《おだやま》という小高い山がある。そこに大砲を据えたらしく、椎《しい》の実型《み》の砲弾が飛来する。

飛距離がとてつもなく長く、着弾後の爆発の威力も、今までとは格段に違う。

最新鋭の輸入大砲として名高いアームストロング砲に違いなかった。

容保は鳥羽伏見以来、砲備が後手後手にまわったことを、改めて痛感した。

昔から会津の武士たちは、日々、体を鍛え、武術に精を出してきた。

鍛錬によって身につけた能力は、庶民にはないものであり、それを武士の誇りにしてきた。

火縄銃を使う場合でも、それぞれの銃に微妙な癖があるため、稽古を重ねて、癖を呑み込む必要があった。

火縄を操作する速さも、稽古で身につけなければならなかった。

だが今は新型になればなるほど、性能がよく、引き金を引くだけで真っ直《ま》ぐ《す》に飛ぶ。

たいした稽古もなしに、いきなり操作ができて戦えるのだ。

長年にわたる鍛錬に、こだわりを持つ会津藩士だからこそ、銃砲の優秀性を認めたくはなかった。今までの日々の努力を、まっこうから否定することになるからだ。

でも今になってみると、認めるのが遅すぎた。

西軍諸藩では、武士の誇りや存在意義など、とっくに失われていたのだ。

それでも会津藩士たちは白刃をかざし、なおも城内から討って出る。そして至近距離から銃弾を浴びて、命を落とす。

城に戻ってくるのは、重傷を負って担ぎ込まれる者ばかりだった。

厳しい籠城戦の最中《さなか》、九月四日に米沢藩が降伏した。

十四日になると、鶴ヶ城に向けて総攻撃が開始された。

西軍諸藩の大砲が城を包囲し、全方向から雨あられと砲丸が降り注いだ。

翌十五日には奥羽越列藩同盟の中心だった仙台藩が、とうとう降伏した。

だが容保は、むしろ安堵を感じた。

わざわざ味方になってくれた藩よりも先に、戦いを終えることはできない。

今、その縛りが消えたのだ。後は、どのようにして終えるかだった。

まず考えられるのは、城を枕に討ち死だ。戦国武将のように天守閣に集まって、下の階に火薬を仕込んで火をつける。

その場合、女子供や年寄りたちは、先に殺しておくしかない。

そうしなければ、混乱と興奮の坩堝《るつぼ》で、女たちが陵辱される恐れがあり、生かしておくより酷だった。

城とともに消えるのでなければ、降伏という選択肢もありうる。

だが今さら降伏しても、その後に待っているのは処刑だ。同じ死ぬのなら、辱めを受ける処刑ではなく、やはり城を枕にと思う。

ただし会津藩が残るかどうかの問題が大きい。藩が残るのであれば、容保としては首をはねられる覚悟はできている。

しかし、そうなると、また別の問題が生じる。養子である喜徳の存在だ。

十四歳という若さながら、容保の隠居に伴って、すでに藩主の座についている。

実子なら親子で処刑されても仕方ないが、喜徳は養子に来て、わずか一年半だ。それで、この敗戦の責任を取らせるのは、あまりに忍びない。

それでも容保は、御座所に喜徳を呼んで告げた。

「このようなことになった以上、これから、どのようなことが起きても、覚悟はしておけ」

喜徳は実父の水戸斉昭に似て、上がり気味の大きな目が印象的な容貌だ。

口数の少ない子だが、徳川御三家で育っただけに、大名としての心得はできている。

きちんと両手を前について答えた。

「何が起きても、取り乱したりは致しません」

落城や処刑も覚悟している様子で、健気《けなげ》なふるまいが、いっそう哀れだった。

できることなら容保ひとりで罪をかぶり、喜徳は生き残らせたい。

西郷頼母を追放して以来、容保の心に、彼の言葉が強く残っている。

「死んだら、それきりだ。未来永劫、賊軍の汚名はそそげぬ。できる限り命ながらえて、会津の潔白を示すのだ」

どれほど罵倒されようとも、頼母は胸を張って言い切った。

「わしは死なぬぞッ。生き抜いて、会津の正義を世に問うつもりだッ」

容保は目の前で両手をつく喜徳に、その役目を託したくて言った。

「私が死んでも、おまえに生き残る機会が、わずかでもあれば、かならず生き残れ。生き残って、会津の正義を世に問うてもらいたい」

だが喜徳は首を横に振った。

「一緒に死なせてくださいませ。私には会津の正義を世に問えるほど、会津武士としての生き方が、まだ身についておりません。生き残るのであれば、どうか父上も一緒に」

それは正直なところだと感じつつも、容保は言い聞かせた。

「されど、おまえまで死んだら、家は断絶だ。残った家臣たちは路頭に迷う。おまえは当主として生きなければならない」

喜徳は大きな目に涙を浮かべながらも、きっぱりと言った。

「いいえ、家臣どもも死は覚悟のこと。今さら私が生き残る意味はありません」

やはり、ひとり残らず死に絶えるまで戦って、城を枕に消えていくか。そうでなければ、喜徳と一緒に生き残るかだ。

しかし、そのためには西軍に助命を願い出なければならず、後々まで生き恥をさらすことになる。

容保は喜徳を下がらせて、もういちど家訓を読んだ。

十五条の中に、生き恥をさらしてはならないとか、武士として潔く死ねとかいう項目はない。

会津には子供向けに、什《じゅう》の掟《おきて》という決まりもある。七項目からなり、最後に「ならぬことはならぬものです」と締めてある。

この四番目に「卑怯《ひきょう》なふるまいをしてはなりませぬ」とあるが、生き恥については何もない。

助命嘆願や生き残ることが卑怯かと言えば、そうかもしれなかった。

今まで大勢を死なせた。なのに命令を下した自分が生き残るのは、確かに卑怯な気がした。


とうとう砲撃が止《や》んだ。

敵は容保の決断を待っているに違いなかった。城を枕に自害か、降伏開城かの瀬戸際だった。

萱野権兵衛《かやのごんべえ》という家老が、気の張らない口調で、容保を天守閣に誘った。

「いずれにせよ、もう見納めになりましょうから、高いところから、会津の地を見ておきませぬか」

萱野は容保より五歳上で、三年前から家老を務めている。

体型は痩せ型で、頬骨が高く突き出し、あごが少ししゃくれ気味で、いつも大きな口を真一文字に結んでいる。

ひと目で忘れられなくなる容貌だが、人柄は飄々《ひょうひょう》として、茶道や謡曲にも造詣の深い文化人だ。

天守閣の急な階段を、萱野は先に立って、ひょいひょいと身軽に登っていく。

容保が後に続き、その後ろから浅羽忠之助がついてくる。

どの階の壁にも、いくつも丸い穴が空いており、そこから光がもれていた。

砲弾が貫通した跡だった。内壁や階段も傷だらけだ。

最上階まで登り切ると、萱野は北側の雨戸を開けようとした。

浅羽が慌てて止める。

「萱野どの、危のうございます。敵から狙われましょう」

だが萱野は首を横に振った。

「いや、もう攻撃は止んでいる。今さら撃ちかけては来ぬだろう」

雨戸が開くと、秋晴れの青空がまぶしかった。

下に目を向けると、城下町だった場所は、一面の焼け野原で真っ黒だ。

その先には稲刈り後の田園が広がる。

右手の近景には飯盛山、遠景には磐梯山《ばんだいさん》が望めた。

容保は外に顔を向けてつぶやいた。

「民百姓には苦労をかけた。さぞや恨んでいることだろうな」

京都守護職を務めるには、莫大な費用がかかり、年貢の率を上げざるを得なかった。

萱野も外を見つめて答えた。

「確かに下々には重荷だったことでしょう。されど大事なお役目でしたし、致し方ないことです」

ふいに萱野は身をかがめ、足元から何かを拾い上げた。

「ごらんください。敵の砲丸です」

それは一箇所に丸い穴が空いた鉄球だった。

「この穴から火薬を詰めます。その上から細い信管というものを押し込んで、大砲から撃つのです」

飛んでいる間に、信管の中で火が燃え進み、着弾する頃合いに爆発する仕掛けだという。

容保が穴をのぞき込むと、まだ信管と火薬が詰まっていた。

浅羽が、また慌てた。

「そのようなものを殿にお見せして、危ないではありませんか」

すると萱野は首を横に振った。

「中の火薬は湿っていて、もう爆発はせぬ」

城内に着弾した弾丸は、女性や子供たちが水を含んだ布団をかぶせて、次々と消し止めたと聞いている。

一瞬でも遅ければ、爆発に巻き込まれる。そんな命がけの作業を、天守閣でも行っていたのだ。

萱野は砲弾を手にしたままで言った。

「それにしても私は不思議でなりません」

「何が不思議だ？」

「なぜ敵は、ここにアームストロング砲を使わなかったのか。一、二発、椎の実型の砲弾を撃ち込めば、天守閣は木っ端微塵《こっぱみじん》だったでしょう」

砲撃開始当初こそ、アームストロング砲で、椎の実型の砲弾が撃ち込まれた。

しかし、ここのところ、飛んで来るのは丸い旧式の砲弾ばかりだった。

容保は首を傾《かし》げた。

「確かに不思議だ。アームストロング砲の弾が尽きたのだろうか」

「そうかもしれません。でも私には、敵が手加減したように思えてならないのです」

容保よりも先に、浅羽が身を乗り出して反論した。

「手加減などするものですか」

「いや実は、こんな砲弾も飛んできたのだ」

萱野は別の砲弾を拾い上げて、容保に見せた。それは中身がなく、完全な空洞だった。

「なぜ火薬を詰めなかったのだろう」

萱野の謎かけのような問いに、浅羽が口をとがらせて答えた。

「それは火薬を惜しんだのでしょう。今も火薬がなくなったから、こうして攻撃も止んだに違いありません」

「なるほど」

萱野はしゃくれ気味のあごに手を当てた。

「そうかもしれんな。だが、わしには、これが敵の伝言のように思えてならぬのだ」

「伝言？　何を伝えようというのだ？」

容保が聞くと、萱野は語調を改めた。

「息の根を止める気はないという伝言です」

敵方には、つい最近まで奥羽越列藩同盟に加わっていた藩もいる。

むしろ、そういう藩こそ忠誠心を試されるために、最前線に送られてくる。

彼らには会津に対する同情心がある。その一方で、西軍の手前、攻撃はしなければならない。そこで空の砲弾を使ったのかもしれなかった。

また浅羽が言い返そうとするのを、容保は制して聞いた。

「萱野、おまえは何が言いたい？」

萱野は砲弾を床に戻した。

「私は西郷頼母どのの言葉を、人づてに聞きました。生き残って、会津の正義を問うと言われたそうですね」

あの老臣たちの罵倒の場に、萱野はいなかった。遠方の守りについていたのだ。

「非難する者も多かったそうですが、私は頼母どのらしい、立派な覚悟だと感じ入りました。死ぬよりも、ずっとつらい選択です」

萱野は容保を正面から見つめた。

「殿にも生き残って頂きたい。誰かが責任を負わねばならぬのなら、私が腹を切ります」

容保は間髪《かんはつ》をいれずに答えた。

「それはできぬ。そなたに責任をかぶせて、おめおめと生き残れるか」

すると萱野は開け放った雨戸の方に、一歩進んで外を指さした。

「飯盛山が見えます。あの山で、若い侍たちが十何人か、揃って自害したそうです」

初めて聞く話に、容保は驚いた。

「白虎隊か」

「おそらくは」

滝沢本陣で援軍を命じた白虎二番隊の一部に違いなかった。

あれから隊長の日向内記が、泥だらけになって帰城し、憔悴《しょうすい》しきった様子で容保に詫《わ》びた。

「私は夜中に、ほかの隊と打ち合わせるために、隊士たちと離れたのですが、帰りに敵と鉢合わせしてしまい、脇道に入ったところ、山道で迷ってしまったのです」

それきり白虎隊とは行き合えなかったという。

容保が送らせたはずの兵糧も、届かずじまいだった。

容保も飯盛山に目を向けながら、萱野に聞いた。

「しかし、なぜ十数人も揃って自害など。もしや城が落ちたと見誤ったか」

自害は容保が滝沢本陣から帰城したのと、同じ日だったに違いない。

あの日は敵が城下町に放火して、盛大な黒煙が上がっていた。

それを落城と思い込んで、早まったことをしたのかもしれなかった。

すると萱野は、ゆっくりと首を横に振った。

「遺体を最初に見つけた者の話では、まだ死にきれない隊士がおり、虫の息で申したそうです。自分たちは、武士の本分を明らかにするために、死を選んだのだと」

萱野は外に向けていた視線を、容保に戻した。

「武士の本分というのは、頼母どのの仰せだった会津の正義と同じ意味かもしれません。でも死んだら伝わりません。きっと世間は、落城と見誤ったと思うでしょう。伝えたいことがあるのなら、やはり生き残らなければなりません」

容保は納得がいかず、萱野に向かって一歩、踏み出して、思わず強い口調で言った。

「されど生き残ったところで、どうして正義など問えようか」

何年かかっても、具体的な方法が見つかるとは思えない。

だが萱野は微笑んで答えた。

「殿が生きておいでになれば、いつかは何かの方法が見つかるはずです。天寿をまっとうしても、なお見つからなかったら、次の世代、それでも、まだ無理だったら、その次の世代に望みを託しましょう」

いっそう穏やかに言った。

「だから殿は、お子さまをお残しください。男でも女でも、できるだけたくさん。その中の孫の代か曽孫《ひまご》の代か、いつかは正義が明らかになります。歴史は正義を語ります。私は、そう信じます」

心に重く響く言葉だった。

もういちど萱野は飯盛山を見た。

「白虎隊士たちの遺体は、伊惣治《いそじ》という者が、密かに妙国寺に運んで埋葬したそうです」

妙国寺といえば、滝沢本陣のすぐ近くの寺だ。

「そうか。葬ってくれた者がいたのか」

容保としては、できることなら妙国寺の墓に、香華《こうげ》を手向けてやりたい。そして伊惣治という男に、心からの礼を言いたかった。


その夜、浅羽とふたりになった時に聞いてみた。

「おまえは萱野の話を、どう思った？」

「私は」

浅羽は少し言いよどみながら話した。

「どこまでも殿についてまいります。殿が黄泉《よみ》に旅立たれるのなら、追腹《おいばら》を切るつもりです」

「追腹など許さぬ。もう昔から禁じられていることだ」

浅羽は小さくうなずいた。

「わかっています。今日、思い直しました。萱野どののお話を聞いて」

浅羽は目に涙を浮かべながらも、無理やり微笑《ほほえ》んで見せた。

「殿に生き残る道があるのなら、私も生きようと決めました。死ぬよりも何倍もつらいことでしょう。でも、つらいからこそ、その道を選ぶのも、死んだ者たちへの供養になりそうな気がするのです」

容保の耳の奥で、西郷頼母の声が聞こえた。

「死んだら、それきりだ。未来永劫、賊軍の汚名はそそげぬ。できる限り命ながらえて、会津の潔白を示すのだ」

今になってみれば、頼母の主張が正しかったのかもしれないと思う。

そもそも京都守護職を拝命したことが、この敗戦の助走になっていた。攘夷派《じょういは》の恨みを買ったことで、これほどの報復を招いたのだ。

これから命ながらえて、会津の潔白を証明できる自信はない。

でも、もういちど頼母の声が聞こえた。

「死んだら、それきりだ。未来永劫、賊軍の汚名はそそげぬ」

容保は、さらなる逡巡の末に、苦渋の決断を下した。

九月二十二日、鶴ヶ城の北出丸前に、降伏を示す白旗が掲げられた。

城外からは勝利を喜ぶ大歓声が聞こえた。

北出丸を過ぎて堀を渡り、城外に出ると、見渡す限り焼け野原だった。

ついひと月前までは、上級武士たちの屋敷が建ち並んでいた場所だ。

黒々とした焼け野原の中に、甲賀町通りが一本つらぬき、そのただ中に目のさめるような緋毛氈《ひもうせん》が広げてあった。

毛氈の向こうには、西軍の幹部たちが洋式軍服姿で床机《しょうぎ》に腰かけ、裃《かみしも》姿の容保たちを待ちかまえていた。

薩摩藩士が多く、八月十八日の政変や蛤御門の変の際に、見知った顔もいる。

浅羽が喜徳に小声で教えた。

「あの緋毛氈のところまで、お進みになって、お座りください」

緋毛氈は藩主親子を、いかにも罪人のように筵《むしろ》や茣蓙《ござ》には座らせたくないという、藩士たちの気配りだった。

容保は喜徳と並んで進んだ。背後には、家老の萱野権兵衛などが続く。

毛氈の手前で履物を脱ぎ、やはり、ふたり並んで正座した。

すぐに浅羽が白木の三方を、喜徳の前に置く。

喜徳は奉書紙に包んだ降伏状を、懐から取り出して、三方の上に載せた。

また浅羽が進み出て、三方ごと降伏状を、軍服姿の男に差し出す。

男は受け取るなり奉書紙を外し、書面を一瞥《いちべつ》して、仲間たちに回覧した。

降伏状が手元に戻ってくると、男は、いかにも重々しげに告げた。

「しかと受け取った。これにて開城式を終える。松平親子は謹慎の場におもむけ。帝《みかど》よりの御沙汰《おさた》は、いずれ伝える」

容保は喜徳を促し、ふたたび履物をはいて、甲賀町通りを北に向かった。西軍の兵士が、前後左右を固めて歩く。まさしく護送だった。

謹慎先は妙国寺だ。白虎隊の遺体が密かに葬られた寺であり、どこかで謹慎をという話があった時に、容保自身が希望したのだ。

容保は背後を振り返らなかった。鶴ヶ城が遠のいていく。もう二度と戻らない城だ。

歩いていて、さっきの開城式の場が、くしくも西郷頼母の屋敷前だったことに気づいた。すっかり焼け落ちていたので、わからなかったが、区画を考えると間違いなかった。

頼母を追放した当日、あの場所で悲劇が起きた。

敵が城下町になだれ込む中、西郷邸の女たちが、こぞって自害したのだ。

頼母の妻と母、まだ嫁いでいなかった二十代の妹たち、十六歳の長女からよちよち歩きの末娘まで、家族は九人。

末娘は実母が手にかけたに違いなかった。さらに親戚十二人も集まって、つぎつぎと命を絶った。

藩士の家族たちは城に逃げ込むよう、命令が下っていたのに、彼女たちは入城を遠慮しなければならなかったのだ。

容保に追放された西郷頼母の家族であるがゆえに。

あれきり頼母の行方はわからない。でも生きているに違いない。生き残ると誓ったのだから。

いつか、どこかで家族の悲劇を耳にするのだろう。どんな気持ちで聞くのか。

それを考えると、容保は、いっそう胸が苦しかった。

妙国寺までの道すがら、容保は民百姓の冷たい視線を感じた。ここ何年も重い年貢を課した結果だ。

覚悟はしていたものの、領民に愛されていないという現実に向き合うのは、ことのほかつらかった。

妙国寺で謹慎生活に入ると、西軍兵士たちの監視の目を盗んで、容保は住職に頼んだ。

「白虎隊士たちの葬られた場所を教えて欲しい」

住職はうなずいて、門の左手の一角に案内した。

「こちらでございます」

そこには黒々とした土が盛り上がり、目印として小さな自然石が載っていた。まだ土の匂いが残っている。

容保は、その前にしゃがんで、両手を合わせた。かたわらで喜徳が同じように拝む。

養子ですら愛《いと》しく思う。実の親ならば、どれほどか。十六歳、十七歳まで育てて、こうして土に還《かえ》さなければならないとは。

住職が、ひとりの男を引き合わせた。

「近くに住む吉田伊惣治でございます」

伊惣治は日に焼けて、手足がごつく、いかにも働き者といった印象の男だった。

住職が説明した。

「西軍がうるさく申すので、誰も手をつけようとしなかった遺体を、この男が密かに運んで、こちらに埋葬したのです」

容保は立ち上がって言った。

「苦労だったことだろう。心から礼を申す」

伊惣治は顔の前で片手を振った。

「とんでもねえです。ただ俺は、若い仏さんたちが気の毒で」

また住職が言葉を添えた。

「刀はなかったそうです。おそらく敵の雑兵たちが奪っていったのでしょう。でも見分けがつくようにと、それぞれが身につけていたものを、寺で預かっております。開城になりましたし、ご遺族が探しに来てくださるといいのですが」

容保は、もういちど石と土盛りを見た。

まだ自分と喜徳の処遇は決まっていない。打首か切腹か。それとも、どこか遠くの藩に預けられるか。

もしも生きながらえることがあれば、いつか立派な墓を建ててやりたい。

それが会津の正義を世に問う、ひとつの方法になりそうな気がした。

その後、容保は、開城式で地面に敷かれた緋毛氈のことを耳にした。

あれは小さく分断され、泣血氈《きゆうけつせん》と名づけられて、藩士たちに配られたという。悔しさのにじむ命名だった。

そして開城から八ヶ月後、萱野権兵衛が切腹して果てた。

容保と喜徳をかばい通し、会津戦争は家老の責任であると朝廷に訴えて、ひとり罪をかぶったのだ。

その結果、容保と喜徳は、他藩での幽閉という軽い処分に決まった。

容保は萱野の意図を思う。

なんとしても容保を、罪人として終わらせたくなかったのだ。処刑されて死んでは、未来永劫、正義を明らかにできない。

萱野の言葉が耳の奥で繰り返す。

「歴史は正義を語ります。私は、そう信じます」

# 五章　やませ吹く地

明治四年七月二十一日、容保たちの乗った帆掛け船は、舳先《へさき》で鉛色の海面をかき分け、恐ろしいほどの速度で北の海を進んでいた。

見渡す限り白波が立ち、灰色の雲は、ぐんぐんと流れていく。

帆布は目いっぱいに風をはらみ、帆綱は、今にも千切れそうに張り詰めている。

東京から函館《はこだて》までの蒸気船は、思ったほどは揺れなかった。

だが函館で、昔ながらの帆掛け船に乗り換え、津軽海峡に出たとたんに状況が一変したのだ。

船は大揺れに揺れ、波飛沫《なみしぶき》が雨のように船上に降り注ぐ。

容保のみならず、十七歳になった喜徳も、たちまち船に酔い、船縁《ふなべり》につかまって海面に向かって吐いた。

あまりの強風で、いったんは大間岬《おおまみさき》の南、佐井《さい》という漁港に寄港した。

そこを出てからは陸奥湾《むつわん》に入ったが、湾内でも白波が鎮まる気配はない。

強風で髷《まげ》が乱れ放題の船頭が言う。

「旦那方、この辺の海は、いつもこんなだ。夏でも、やませっていう冷たい風が吹きつけるんでね」

容保は鳥羽伏見の戦いの後を思い出した。

慶喜に連れられ、沖泊りの開陽丸を探して、小舟に乗っていった時だ。あの時も揺れと寒さと船酔いで苦しんだ。

あれから、わずか三年半しか経《た》っていないのに、長い年月を経たかのような気がする。

会津開城の後、容保と喜徳は江戸に送られた。

そこからは別々になり、容保は鳥取藩の預かりと決まって、江戸藩邸で幽閉された。

鳥取藩主の池田慶徳《いけだよしのり》は、慶喜と喜徳の兄であり、けっして粗雑には扱われなかったが、家臣たちの身を思うと、精神的につらかった。

彼らも江戸に護送され、寺などの謹慎所に収容されて、不自由な暮らしを余儀なくされていた。

容保は鳥取藩の江戸屋敷にいる間に、実子の誕生を知った。しかし、それも素直に喜べない。

鳥羽伏見の戦いの後、江戸を経て会津に帰った後、容保は初めて側室を迎えた。

萱野権兵衛が「子を残して欲しい」と望んだように、実子の誕生は家臣たちの悲願だったのだ。

側室は那賀《なか》といい、ほどなくして懐妊し、もうひとり佐久《さく》を迎えた。どちらも家臣の娘だった。

二月の帰国から九月の開城まで、七ヶ月足らずという短い期間だったが、開城の時には、ふたりとも腹が大きかった。

それぞれ城下の寺などに隠し、江戸に護送される容保とは別れたのだ。

明治二年の三月になって那賀が女児を産み、六月には佐久が男児を産んだと、密《ひそ》かに池田藩邸まで知らされた。

どちらも元気に育っているというが、わが子の顔も見られない。

こんなことになるのなら、側室など持たなければよかったかもしれないと、つい後ろ向きの思いが湧く。

しかし三ヶ月後、その男児を藩主に据えることで、家名再興が認められたのだ。男児は容大《かたはる》と名づけられた。

領地は移封《いほう》にはなるものの、家臣たちの謹慎も解かれた。

移封先は下北半島だった。家臣たちは新しい領地を斗南《となみ》と名づけ、斗南藩の誕生を喜んだ。

家臣団の本格的な移住は、明治三年の初夏から始まった。

会津で育っていた容大も、家臣たちに抱かれて北の地に向かった。

浅羽忠之助も謹慎を経て移住した。

もともと筆まめな男で、なおも江戸での謹慎が続く容保のもとに、内々に手紙が届いた。下北半島の絵図も添えられていた。

それによると半島は、斧《おの》のような形で西を向いていた。

斧の刃と柄《え》の間の入り江が陸奥湾で、そのもっとも奥まったところに大湊《おおみなと》という港がある。

斗南藩士たちは大湊を、北の長崎にしたいと張り切っているという。

長崎から清国《しんこく》への主な輸出品は、昆布など蝦夷地《えぞち》の海産物の干物だ。

陸奥湾も海の幸が豊富で、長崎のような豊かな貿易港を夢見ているという。

大湊から少し内陸の丘の上に藩庁を設け、その周囲に武家屋敷を割り振って、城下町をつくる計画だと、浅羽は手紙で伝えてきた。

容保は家臣たちの前向きな姿勢が嬉《うれ》しかった。

だが冬になると、移住後の実態は、そうとう厳しいらしいとの噂《うわさ》も耳に入った。

北風が陸奥湾を渡って猛烈に吹きつけ、寒さは、とうてい会津の比ではないという。

まともに風雪を防ぐ家もなく、年寄りや幼い子供が、飢えと寒さで死んでいく。

明治四年になると、容保も喜徳も斗南藩に預け替えになった。

すぐにでも容保は斗南におもむきたかった。家臣たちと苦労を分かち合いたかったのだ。

七月半ばになって、ようやく準備が整い、容保は喜徳を伴って、函館行の蒸気船に乗り込んだのだ。

だが、よりによって函館に着いた時に、廃藩置県という言葉を聞いた。

大名家が要《かなめ》になっていた藩という枠組みがなくなって、大名の代わりに、東京の新政府から知事が派遣されるという。

これまで斗南藩の束ね役は、まだ三歳の容大に委ねられていたが、その役を解かれたのだ。

よく意味が呑《の》み込めないまま、容保たちは帆掛け船に乗り換えて、津軽海峡を渡ってきたのだった。

白波の立つ陸奥湾を進み、湾奥の大湊で錨《いかり》を下ろした。

艀舟《はしけぶね》に乗り換えて上陸すると、知らせを受けて、浅羽忠之助が駆けつけてきた。

「ようこそ、お出ましくださいました。お待ちしていました」

笑顔で歓迎してくれたが、容保は浅羽の鬢に、かなり白いものが混じっていることに驚いた。

ひょろりとした体型は、いよいよ痩せて、顔や手には深いしわが刻まれている。まだ四十そこそこのはずだが、開城後の苦労がしのばれた。

容保は港の静けさにも驚いていた。岸壁に人影はなく、大湊は予想よりも、はるかに小さな漁村だった。

行き交う船の数も少ない。地形としては良港のようだが、ここを長崎にするというのは、夢のまた夢に思えた。

すぐに馬が引かれてきた。浅羽は手綱をつかんで言う。

「この辺りは馬だけは不自由しません。昔から馬の産地なので」

馬は冷涼な環境を好む。

「いずれは馬に詳しい御雇《おやとい》外国人を招いて、西洋から馬を輸入して牧場を開き、馬体の改良をめざしたいという者もおります」

浅羽は、あくまでも前向きであることを強調した。

容保も喜徳も馬の背に揺られて、田名部《たなぶ》川《がわ》沿いを半里ほど進み、円通寺《えんつうじ》という寺に入った。そこが藩の役所として使われていた。

次々と藩士たちが挨拶に来る。再会に涙する者も多い。

だが髷は乱れ、着物は薄汚れている。どの顔も痩せて深くしわが刻まれ、この一、二年で、十年も老けてしまったかのようだった。

円通寺は日中、大勢が出入りするため、幼い容大は隣接する徳玄寺で過ごしていた。

容大の姉に当たる美弥《みや》は、生まれて二年四ヶ月が経っており、容大は二年と一ヶ月で、どちらも可愛《かわい》い盛りだった。

本来、大名家の子供たちには乳母がつくものだが、雇い入れる余裕もなく、それぞれの実母が育てていた。

容保にとっては、側室たちとの再会も久しぶりだった。かつての打掛姿は望むべくもないが、こざっぱりした木綿地の小袖を着ている。

容保は容大の様子に、思わず目を細めた。

「定敬の幼い頃に似ているな」

あれから定敬は会津開城の前に、容保の勧めで城を脱出した。

その後は仙台から幕府艦隊に合流して、函館に渡った。

さらに外国船で上海《シャンハイ》まで亡命したが、滞在費が続かず、横浜に戻って新政府に名乗り出た。

いまだ謹慎は解けていないが、まだ若いことだし、なんとか新しい道を探して欲しいと、容保は願っている。

暗いことばかり多いものの、幼い容大と美弥の無垢《むく》な姿を見ていると、さすがに心がなごむ。

だが翌日から斗南各地を、浅羽に馬で案内してもらい、暮らしの厳しさを痛感した。

「去年、水を引いて田んぼを耕し、田植えをしてみましたが、ほとんど育ちませんでした。今年も、もういちど試しましたが、やはり駄目でした」

冷たいやませのせいで、夏でも気温が上がらず、稲作は不可能だという。

だが米こそが何よりの換金作物であり、米が取れない限り、貧しさから抜け出せない。

秋になると、見渡す限り黄金色《こがねいろ》に変わる会津とは、まったく違った。

そのうえ会津での戦闘で、大勢の藩士が命を落としており、女世帯が驚くほど多かった。

浅羽は力強く言う。

「でも会津の女たちは負けません。年寄りや子供たちを抱えて、力仕事も野良仕事もこなし、そのうえ子供に教育の機会を与えたいと、歯を食いしばって頑張っています」

だが女たちもやせ細り、一様に顔色が悪い。

腹が異様に膨れ上がって、寝たきりの子供もいた。

昔の大飢饉《だいききん》の時に、そんな子供が大勢いたと、容保は聞いたことがある。食べ物が足りなくて、後は死に至るのだ。

背後で、女が小声でつぶやくのが聞こえた。

「死んだ方がましだった」

衝撃的な言葉だったが、聞こえなかったふりをした。

容保の耳に入ったことが、浅羽や、ほかの藩士たちに知られたら、その女が叱責される。それは避けたかった。

母親は、目の前で子供たちが飢えて死んでいくのを、助けることもできない。それなら開城の際に、家族揃《そろ》って死んだ方が、確かに楽だったに違いない。

容保は、ほかの女たちからも恨みがましい視線を感じた。

会津の男たちは役目が優先で、家族は後まわしだ。それに比べると、女は男よりも正直だった。

あの時、降伏せずに、城内の女子供もろとも自害すべきだったかと、また悔いが湧く。

夜、喜徳とふたりになった時に、容保は詫《わ》びた。

「おまえにも貧乏籤《びんぼうくじ》を引かせてしまった。気の毒なことをしたと思っている」

喜徳は苦労を背負い込むために、養子に来たようなものだった。

同じように水戸徳川家で生まれ育った兄弟たちは、それぞれ立派に大名家の跡を継いでいるのに。

容保自身の兄弟も、尾張徳川家の当主になったり、定敬のように、いまだ謹慎が解かれなかったり、それぞれではある。

でも少なくとも定敬は、自分の意志で徹底抗戦を貫いた。

一方、喜徳は十三歳で養子に来て、何がなんだかわからないうちに、一年半で敗戦に巻き込まれてしまったのだ。

もう十七になって上背は容保を越えたが、ずっと暗い青春時代を過ごさせている。するると意外にも喜徳は、背筋を伸ばして言った。

「私の兄上は、十五代目の将軍になって一年足らずで、大政奉還をなさいました。いわば幕府の幕引きをするために、最後の将軍になられたのです」

確かに、そういう運命だったのかもしれなかった。

「私が会津藩主だったのも、たった一年半で、しかもまだ子供でしたので、兄上のように大きなことができたわけではありません。でも兄が最後の将軍になったのと同じように、私も最後の会津藩主になる運命だったのだと思います」

いっそう胸を張る。

「私は最後の会津藩主になれたことを誇りに思っています。京都守護職を務められた父上を持てたことも、心のよりどころにしています」

少し頬を緩めて言い添えた。

「これは嘘《うそ》いつわりのない本心です。戦争に負けたことには関わりのない思いです」

突然、容保の喉元に熱いものがこみ上げた。

幼い頃から人前で泣いてはいけないと、言い聞かされて育った。

藩主が負の感情をあらわにしたら、家臣が腹を切りかねない。だから、どんなに悲しくても涙を見せたことはない。

だが今はこらえきれない。

昼間の女たちの視線も、正直な思いの表れだし、喜徳の言葉にも嘘いつわりはない。それらが容保の心の中に複雑に入り混じって、どうしても涙は止まらない。

二十三万石の大藩を率いた責任は、今なお容保に重くのしかかり続けていた。


滞在がひと月近くなった頃、容保は改まって浅羽に聞いた。

「本当は、さぞ、つらかろうな。正直に申せ」

浅羽は少しためらっていたが、苦笑いで答えた。

「殿には嘘はつけませんな」

ひとつ息をついてから続けた。

「正直を申しまして、つろうございます。特に冬場は、生きるか死ぬかの瀬戸際が続き、まだ戊辰戦争が続いているかのようです。むしろ戦争の時の方が、気が高ぶっていただけ楽だったかもしれません」

鳥羽伏見の戦いから会津戦争まで一連の戦いが起きた慶応四年は、干支《えと》では戊辰の年に当たる。そのために戊辰戦争と呼ばれ始めていた。

「廃藩置県が施行され、もう斗南藩もなくなりました。ならば、この土地を離れたいという者が、急に増えています」

「会津に帰るつもりなのだろうか」

「帰ったところで食べていくあてもありませんが、かつての奉公人の家にでも頭を下げて、世話になりたいという話も聞きます。とにかく冬が来る前に逃げ出さなければ、命の保証はないし、切羽詰まっています」

廃藩置県が行われるのなら、何のための藩の再興だったのか。二年間の流刑を科せられたも同然だった。

「浅羽、私はな、家臣たちと苦労を分かち合いたくて、ここに来た。自分の手で鍬《くわ》を握って、田畑を耕して生きたかった」

できることなら容大や喜徳や側室たちとともに、家族で寄り添い、慎ましやかに暮らしたかった。

しかし浅羽は首を横に振った。

「それは、なさらないでください。誰も殿に百姓仕事をさせたくはありません。それも、このような苛酷すぎる土地で」

容保は、ふっと息をはいた。

「私にできることは、何もないのだな」

「いえ、殿のお顔を拝見して、励まされた者は大勢います。それは本当です。殿が元気でいてくださることこそが、私たちの励みになるのです」

容保は長く留《とど》まることはできないのだと思い知った。

田畑を耕せないのなら、自分たち家族の暮らしは、誰かが支えなければならない。でも、おのおのの暮らしさえ立ち行かず、人を支える余裕など、誰にもない。

容大や側室たちも連れて、東京に戻ろうと決めた。

江戸から名を変えた新しい首都には、ささやかながら斗南の東京藩邸がある。食べていくあてなどないが、とにかく、ここには居られなかった。

斗南を去る前に斗南ヶ丘を訪れた。藩庁や城下町をつくる計画があった場所だ。そこは海から一里半ほど内陸に入った小高い丘の上だった。

丘の三方を囲むように田名部川が流れる。それが外堀のようになって、いかにも城下町になりそうな地形だった。

だが今は荒涼とした草地が広がっていた。丈の短い雑草が、やませに吹かれて、ただ同じ方向になびいていた。

城下町の夢は虚《むな》しかった。

翌明治五年、容保と喜徳が、斗南藩預かりの身から釈放された。

そのまま東京藩邸で暮らし、わずかに残っていた持ち物を売って、糧《かて》にし始めた。だが売れるものは、たちまちつきていく。

定敬も桑名藩の預かりの身だったが、同じ時期に許された。養子に行った時から、先代藩主の姫と結婚する予定だったが、ようやく婚礼に至った。

桑名藩は定敬を見捨てて開城したが、それが功を奏して、結局、会津のような辛酸は嘗《な》めずにすんだ。

そのため暮らしに困ることはなく、兄の窮状を見かねて、時々、金を包んで寄越《よこ》した。喜徳の実家の水戸徳川家でも、おりおりに支援してくれた。

斗南を離れて東京で働く旧藩士たちも、給金を得ると、そっと藩邸に献金していった。けっして楽ではなかったが、そんな形で、どうにか暮らしは成り立った。

明治六年一月に側室の那賀が、ふたり目の女の子を産んだ。美弥も容大も五歳になっており、妹の誕生に、家中が沸いた。だが、この次女は育たなかった。

そんな頃、喜徳の三つ下の弟が、十六歳で早世した。水戸徳川家の支藩に養子に出て、藩知事の座についていた弟だった。

そこで容保は喜徳に言った。

「いっそ、わが家とは縁を切って、そちらの跡目を継いではどうか。容大がいるから用済みという意味では、けっしてないが、わが家では、おまえに何もしてやれぬ」

「でも父上、私は、この家を誇りにして」

「そう思ってくれて、私も嬉しい。だが今や大名家の若君が、西洋に留学する時代だ。おまえも、そんな新しい教育が受けられればと思う。今のままでは留学など望むべくもない。遠慮せずに、この家を出ていって、幸せになってもらいたい」

喜徳は泣いた。だが自分が出ていくことで、ひとり分の食い扶持《くぶち》が減ることも、充分に承知していた。

容保は水戸徳川家に話を通し、支藩への新たな養子縁組を頼んで、喜徳を離縁した。

それから那賀と佐久は、交互に子を生んだ。早世したのは次女だけで、後は元気な男の子ばかり三人も続いた。

明治十年、容保が四十三歳になった年に、九州で西南戦争が起きた。

電信の開通により、戦況が刻々と東京に知らされ、それが逐一、新聞記事になった。

その中で旧会津藩士による活躍が報道された。

田原坂《たばるざか》という戦地で抜刀隊が結成され、彼らが「戊辰の仇《かたき》、戊辰の仇」と叫んで、薩摩軍に斬り込んでいったという。

この記事は旧会津藩士たちの喝采を得た。

だが容保は手放しに喜ぶことはできなかった。敗者への憐憫《れんびん》が強かったのだ。

それでも、かつての家臣たちが溜飲《りゅういん》を下げたのであれば、それはそれで喜ばしいと思うことにした。

そして、いよいよ自分にできることは、もうなくなったのだと感じた。

二十代の前半で江戸湾の海防に尽力し、二十七歳の時には、密勅の件で水戸藩の危機を回避した。二十八歳からは五年間、京都守護職を務めた。

そんな自分が四十代半ばで、これほど虚《うつ》ろな日々を送ろうとは思いもよらなかった。ただ虚しいだけだった。


それから三年後、明治十三年の正月、意外な年始客がやって来た。京都守護職当時、八月十八日の政変で、中心的な役割を務めた中川宮だった。

相変わらず、あくの強い調子で話す。

「容保はん、何したはりますのや。まだまだ老け込む歳《とし》でも、あらしゃりませんやろ」

御所言葉も昔のままで、容保は苦笑して聞き返した。

「そういう中川宮さまは何をしておいでですか。今は東京にお住まいで？」

「いやいや、こない騒がしとこには、よう住めません。けど都も東京に取って代わられて、すっかり寂れてしもうて。御所は狐《きつね》や狸《たぬき》の住処《すみか》になってますのえ。まあ、昔から狐や狸みたいに化かす人ばっかかり、住んではりましたけどな」

人を小馬鹿にした話しぶりも健在で、容保は久しぶりに笑った。

「もともと私は幕府寄りやったし、明治になってから、ずいぶん嫌な思いもさせられました。けど今はな、お伊勢さんで祭主をさしてもろてますのえ」

多くの公家たちが新政府に追従するのを尻目に、中川宮は長く京都に居座っていたが、明治八年から伊勢神宮を任されるようになったという。

「ここのところ神社が大事にされるようになったんはええけど、たいがいは神職なんぞ見向きもせえへんのです」

明治政府は神道を重んじてはいるが、皆、世俗の出世に目の色を変えている。たまたま伊勢神宮の祭主の座が空いて、誰もなり手がいなかったので、そこに収まったのだという。

中川宮は少し身を乗り出した。

「今日はな、容保はん、あんたを日光に誘いに来ましたんや」

「日光ですか。ずいぶん行っていませんね」

日光東照宮は徳川家康を祀《まつ》っており、会津松平家では代々、参勤交代で会津と江戸を往復する際に立ち寄って、たびたび参拝したものだった。

「ほんなら行きましょ。日光は徳川さんのお社《やしろ》で、手入れする人もおらんようになって、荒れ放題らしいし。それで、いっぺん見に行かなあかんて思うてましたんや」

中川宮は立て板に水でしゃべる。

「そやから付き合《お》うておくれやす。どうせ暇ですやろ。路銀なら心配は要りませんえ。お伊勢さんで出してくだしゃりましたし」

それでも遠慮が先に立ち、ためらっていると、中川宮は思い出したように言った。

「そう言うたら、容保はん、かわいい男の子がいたはるそうですな。その子も連れてきましょ。容保はんのお子やったら、日光にお参りせな、あきませんやろ」

容大は十二歳になっており、確かに日光には参拝させたい気がした。そのため思い切って好意に甘えることにした。

日光には広大な杉林がある。だが行ってみると、あちこちに倒木が目立ち、下草は生え放題で、杉の幹には蔓《つる》が絡む。

参拝客の姿はまばらなのに、参道には紙くずやごみが散らかり放題だ。

社番所前を通りながら、中川宮が小声で言う。

「名乗ったりすると、ややこしなるし、とにかく勝手に参拝させてもらいまひょ。ご挨拶は後でもええし」

容保も正体を知られたくはなかった。

そこで一般の参拝客のふりをして、中川宮の従者たちと一緒に石段を登った。

容大は行儀がよく、さすがにはしゃぎはしないが、まっすぐに伸びる広大な参道や、幅広の石段に目を輝かせた。

石段の上には荘厳な表門がそびえ、五重塔が現れる。

さらに先に進むと、建物の外壁には細かい彫刻や装飾がはめ込まれ、それが日光東照宮らしさになっている。

ただ、かつては極彩色に塗り分けられていた彫刻が、すっかり色あせていた。

表門をくぐった時にも、門柱の朱塗りや軒下の装飾が白茶けているのが気になったが、中は、もっとひどかった。

装飾は色が抜けているだけでなく、あちこち欠けていた。屋根を見上げると、軒が傾《かし》いでいるところもある。

容保は胸を突かれる思いがした。

「たった十年で、これほどまでになってしまうものですか」

中川宮は腕組みをして傾いだ軒を眺めた。

「御一新の前から放りっぱなしやないですか。徳川さんは、お金もあらへんかったやろし。社殿の中は、雨漏りのひどいとこも、あるらしですえ」

確かに、あの頃の幕府は軍艦や大砲などの軍備が最優先で、日光の修繕などにかける費用はなかったはずだった。

名高い「眠り猫」のある坂下門をくぐり、長い石段を登った。

奥宮《おくみや》に向かう石段は、幅こそ狭く、斜面に合わせて曲がりくねって登っていくが、各段が一枚板の石でできている。

それだけはみごとに水平で、寸分の狂いもない。三代将軍家光が造成させたはずだが、さすがに頑丈にできていた。

ただ石段のあちこちに、参拝客の捨てたごみが落ちている。中川宮の従者たちが拾って歩いた。

階段が途切れたところに鋳抜門《いぬきもん》があり、その先に家康の墓である奥宮宝塔がある。どちらも青銅などの金属が使われて、朽ちることなく美しい。

中川宮が最初に参拝し、容保、容大、最後は従者たちという順で丁寧に拝んでから、また長い石段をくだった。

容保は疑問を口にした。

「修繕の手立てはないのでしょうか」

「修繕したいゆう話は、地元の篤志家さんから出ておます。その人たちが保晃会《ほこうかい》ゆう会も立ち上げはったそうです」

地元としては、せっかくの大神宮が朽ちていくのが忍びなく、まずは保存のための組織を作ったという。

「けど篤志家さんの出しゃはるお金だけやったら、焼け石に水でっしゃろ。大勢さんから集めへんと、どうにもならしません。それで保晃会の人たちが、静岡の徳川さんのところに頼みに行ったらしいんです。慶喜さんに会長になってもろて、旧幕臣の人たちから、お金を集めようと思うて。けど断られはったらしですえ」

容保は慶喜らしいと思った。

徳川家は静岡に移封になり、慶喜は最新の自転車を乗りまわしたり、写真機に凝ったりして、悠々自適な暮らしぶりと聞いている。

中川宮は肩をすくめた。

「まあ、今さら慶喜さんが、日光の修繕みたいな面倒を、背負い込むはずもあらしませんけどな」

ふいに階段の途中で足を止め、中川宮は生真面目《きまじめ》な口調に変わった。

「実は今日、容保さんを誘ったのは、そのことですのや」

容保も足を止めて聞き返した。

「そのこととは？」

「保晃会の会長、引き受けてもらえへんやろか」

容保は笑い出した。

「私が、ですか。それは無理です」

「なんで、あきませんの？」

「会津で朝敵になった私に、できるわけがありません。そんな晴れがましいお役目に、私などが就くわけにはいきません」

「そやから、その朝敵ゆう汚名をそそぐためにも」

容保は、なおも笑いながら片手を振った。

「無理です。私では金も集まりませんし」

「そやろか。会津が間違ってへんかったのに、ひどい目に遭《お》うたのは、ほんまは誰でも知ってはります。気の毒に思うてますんや。そやから容保さんが引き受けはったら、みんな、お金を出しゃはります」

もういちど、きっぱりと断った。

「いいえ、できません」

すると中川宮は容大を振り返って聞いた。

「なあ、あんたも、おもうさんが偉いお役目につかはったら、嬉しいでっしゃろ」

容大は困り顔でうつむいてしまう。

容保は、ふと不思議に思って聞いた。

「でも、なぜ中川宮さまが、私などに話を持って来られたのですか」

「いろんな人が望まはったんです。ここの神職の人たちもそうですし。とにかく容保さんに保晃会の会長になってもらいたいて。それに東照宮の宮司さんにも」

「宮司まで？」

いよいよ訳のわからない話だった。

「いよいよ無理です。私は神道のことなど、何も知りませんし」

「それは、お手伝いする者がいてはります。もともと会津藩のお人で、いろいろ苦労しゃはったらしいんやけど、少し前まで都々古別《つつこわけ》神社さんの宮司さんを、しゃはってて」

都々古別神社とは白河城の東、棚倉《たなぐら》にある由緒ある神社だ。

「事情があらしゃって、そこも辞めはったけど、容保さんが東照宮の宮司さんを引き受けはるんやったら、その人が禰宜《ねぎ》をするて約束してますのえ」

禰宜とは宮司の補佐役だ。

「まあ、話の順序としては、もともと、その人がいてはるから、宮司は容保さんにゆう話が出たんやけどな」

容保は誰だろうと首を傾げた。

「東照宮の禰宜が務まるような者が、うちの家中におりましたか」

「いたはりますよ」

中川宮は階段のはるか下を指差した。

「もう、そこで待ってはります」

小柄で小太りの人影が見えた。

目を凝らして息を呑んだ。それは西郷頼母だったのだ。

その夜は中川宮の手配で、梅屋敷という宿に入った。

「ほんなら私は遠慮するさかいに、ふたりで、あんじょう話しゃはったらええ」

中川宮は頼母と引き合わせるまでが役目だったと言わんばかりに、容大を連れて別の部屋に行ってしまう。

「さあさあ、容大さん、私らと一緒に、かるた取りでもしましょ」

容保は座敷で、頼母と向かい合って座ったが、やはり気まずい。

白河城や母成峠の件では腹を立てたものの、後ろめたさも引きずった。

城外追放など命じたばかりに、頼母の家族が、こぞって自害してしまった。それが何より申し訳なかったと思う。

容保の方から口を開いた。

「そなたの妻子のこと、気の毒をしたと思っている」

すると頼母は首を横に振った。

「妻も母も覚悟の上でしたし。それに潔く死んだと、会津では妻女の鑑《かがみ》のように持ち上げられて、当人たちも面映《おもはゆ》いに違いありません」

容保は小さくうなずいた。

「でも寂しかろう。後妻はもらったのか」

「しばらくはひとりでおりましたが、伊豆にいた時に後添えを迎えました」

「伊豆にいたのか。函館に渡ったと聞いていたが」

「はい。会津のお城を出てから、仙台で幕府艦隊に乗り込んで、函館にまいりました」

同じように函館に行った定敬から、頼母に会ったと聞いたことがあった。

その時は、やはり生きていてくれたかと安堵《あんど》するとともに、申し訳なさも感じたのだ。

「函館でも西軍と戦ったのか」

「いえ、もう戦争はたくさんという思いでしたので、もっぱら事務方をしていました」

函館でも負けて投降すると、津軽の陣屋などで謹慎処分を受けたという。

「許されたのは明治三年の春でした」

「その後に伊豆に？」

「紆《う》余曲折《よきょくせつ》はありましたが、旧幕臣の知り合いを頼って静岡にまいりましたところ、西伊豆で学問の塾を開くようにと勧められたので、そのように致しました」

しかし、いつしか元の身分が、周囲に知られるようになった。

敗者である会津藩の家老で、まして不戦を訴えて追放されたことが、尾ひれつきで広まってしまった。

その結果、学生が集まらなくなり、塾は閉鎖したという。

「その頃から心のよりどころを神道に求めるようになりまして、あちこちの神社で修行を重ねて、神職になった次第です」

そうして棚倉の都々古別神社に入ったが、今度は西南戦争の薩摩軍に加担したと疑われて、神社を追われたという。

「西郷隆盛どのと同姓で、しかも珍しい苗字《みようじ》なので、親戚かと疑われたのですが、実際のところ、まんざら知らぬ仲ではございませんでした。同姓ということで、向こうも親しみを覚えてくれたようで、手紙のやり取りなども致しました」

だが西南戦争に関わったというのは濡《ぬ》れ衣《ぎぬ》だという。

「結局、何をしても長続きしませんでした。そんな時に保晃会のことを耳にして、ここは殿に東照宮の宮司さまを務めていただくのが何よりと、思った次第です」

容保は即答した。

「中川宮さまにも申し上げたが、私には、そんな名誉職を務める資格はない。ひっそりと生きていけばいいのだ」

すると頼母は大きな目を見開いて言った。

「本当に、そうお考えですか。会津の正義を世に問う好機と思われませんか」

「会津の正義は、西南戦争で抜刀隊が、もう世に訴えてくれたではないか」

「それは違います。戦争で勝てばいいというわけではありません。結局、戦争は敗者を生みます。敗者にも言い分があることは、殿がいちばん、ご存知でしょう」

「いや、そもそも私には、東照宮に関わる資格がない」

「なぜ、そのようにお考えになるのですか」

「将軍家に忠義をつくせなかったからだ」

家訓の第一条にそむいてしまったという思いが、今も容保の心の奥深くに重く沈んでいる。

戊辰戦争以来、後悔ばかり続いているが、それこそが最大の悔いだった。

「私は将軍が決断した恭順にも従わず、賊軍ではないと証明することもできなかった。そんな不忠な者に、どうして東照宮の宮司など務まろう」

するとと頼母は、ゆっくりと首を横に振った。

「殿は立派に忠義を果たしました」

「果たしてなどいるものか」

「いいえ、会津藩が憎まれ役を買って出たからこそ、徳川家が生き残れたのではありませんか」

頼母は遠くを見るような目をした。

「殿が降伏した後、萱野権兵衛どのが腹を切りました。殿には罪はないと訴え出て、ひとりで罪をかぶったのです。萱野どのは殿にとって、まぎれもない忠臣でした」

それと同じことを、会津藩は徳川家に対して行ったのだという。

「つまり徳川家を存続させるために、会津藩が罪をかぶったのです」

萱野権兵衛が容保にとっての忠臣であるのと同様、会津藩は徳川家にとっての忠臣だったという。

「私は、お城から追いやられて以来、あの戦争が何だったのか、ずっと考えて考えて、そんな結論に至ったのです」

あまりに思いがけない指摘に、容保は言葉を失った。

でも思い当たることがある。新選組の近藤勇の死に方だ。土方歳三が会津に来た際に、こんな話をした。

「局長は敵に出頭する前に、こう申しました。戦いになった以上、敵の憎しみを受け止める者が必要だ。誰かが、その役目を引き受ければ、ほかの者たちは助かる。刀を使えなくなった自分には、もう、そのくらいしかできることはない。新選組の局長が血祭りに上げられたら、敵の腹も少しは収まろう。だから出頭するのだと」

そうして首をはねられた。まさしく近藤勇は徳川家にとっての忠臣になったのだ。

ふいに、もうひとつの会話を思い出した。江戸城で別れを告げた時の、慶喜の謎かけのような言葉だ。

「会津で戦いたければ戦うがいい。主家のために命を捨てるのも、また忠義だ」

あの時、慶喜は容保に対して、犠牲を望んでいたのではないか。徳川家を存続させるために、会津藩に泥をかぶれと命じたかったのではないか。

まがりなりにも官軍が組織されたからには、いったん戦いの火を見なければ終われない。

つまりは誰かが、負け戦を引き受けなければならなかったのだ。

戦って負けること。それが慶喜が会津藩に期待した役目だったのではないか。

でも、さすがの慶喜も、そこまで命じられなかったに違いない。だから、あんな謎かけのような言葉になったのだ。

思い返せば、確か、こんなことも言った。

「さぞ私を恨んでいることだろう。嫌ってもいるだろう。それでもよい。いや嫌われて当たり前だ」

「会津が徳川将軍家に対して、代々、引き継いできた忠義だけは、最後まで捨てずにいてもらいたい」

慶喜個人にではなく、長く続いてきた将軍家に対して、忠義をつくしてくれと、別れ際に頼んだのだ。

そんなことは言われなくても当然だと、その時は反発した。

でも振り返ってみれば、はからずも容保は、慶喜の願いに従ったことになる。

どうせなら、はっきりと命じて欲しかった。そうすれば容保は、切腹を命じられた家老のように、胸を張って答えたはずだ。

「将軍家のために、喜んで犠牲になりましょう」

そう覚悟したうえで敗戦に至ったのなら、これほど悩み苦しむ必要はなかった。自分は忠義者だと、胸を張って生きてこられたはずなのだ。

なぜ慶喜は命令を遠慮したのか。

しかし、その煮え切らない態度こそが、徳川慶喜の徳川慶喜たるゆえんでもあった。

その夜、今度は容大とふたりになるのを待って聞いた。

「もし父が東照宮の宮司になったら、容大は嬉しいか」

一瞬で容大の目が輝き始めた。

「お引き受けになるのですかッ」

「嬉しいかどうかと聞いている」

「もちろん、嬉しゅうございます。父上が、こんな立派な東照宮の宮司さまになるなんて、夢のようでございます。斗南に残っている者たちも、会津に帰った者たちも、さぞや喜びましょう」

かつての家臣たちを喜ばせられる。あれほど苦労をかけたから、それができるのなら、してやりたい。

もしかしたら、これが汚名をそそぐ第一歩になるかもしれなかった。

でも朝敵にされた身でありながら、神道の宮司を務めるのは、やはり抵抗があった。

翌朝、中川宮が何気なさそうに聞いた。

「九条道孝ゆう、お公家さんを覚えたはりますか」

「存じています。奥羽鎮撫総督の大将として、仙台にいらした方でございましょう」

「そうです。九条はんも幕府寄りやったんで、攘夷派《じょういは》から憎がられて、いちばん難しいところに送られはったんです」

「やはり、そうでしたか」

「あの時、世良修蔵ゆう質《たち》の悪い参謀が殺されて、それで戦争になりましたやろ。あれも最初から薩長が仕組んだことでした」

揉《も》め事《ごと》を起こしそうな人物を、あえて送り込んで、開戦の火蓋を切ったのだという。

「九条はんも殺されたらええて、きっと薩長は考えてたんやろな。あの頃は人の命なんぞ、なんとも思わへんやからが、ぎょうさんおったし」

九条道孝までもが捨て駒にされていたとは、さすがに容保には思いもよらなかった。

結局、奥羽鎮撫隊と称しながら、薩長には鎮撫するつもりなどなかったのだ。

「九条はんはな、今も、えらい気にしゃはってますのえ。自分としては会津を許すつもりやったのに、結局、世良を抑えきれへんかったて。それが悔やまれてならへんそうや」

「そうでしたか。九条さまのお立場が難しいことは、私も承知していましたが」

「わかってはったんなら、ええけどな。今度の東照宮の話、あんたに頼みたいて、最初に言い出しゃはったんは、実は九条はんなんや」

「九条さまが？」

「今は九条はんは掌典職《しょうてんしょく》をしてはるさかいに」

「掌典職というと？」

「まあ、神道の総元締みたいなお役目や。帝のおそばで宮中の祭祀《さいし》をしゃはってます」

九条道孝が気にかけてくれていたのかと、容保は驚くばかりだ。

「九条はんは、容保はんが徳川家に忠義を貫いたことを、よう心得てはります。日光東照宮さんは徳川家康公を祀ってはるさかいに、あんたが宮司を引き受けはったら、その忠義を天下に示せるやろて、そう言うてはりますのえ」

「そうでしたか」

中川宮は冗談めかして笑う。

「それに、あんたもまだ老け込む年やあらしませんやろ。いくつにならはった？」

「四十六です」

「まだまだ若いやないですか」

中川宮は五十七歳だという。

「あんたの御家来衆は、今も苦労しゃはってますのやろ。ほんなら容保はんも、何かせんとあきませんえ」

いまだ斗南に残る者や、会津に帰った者たちのことを思うと、胸が痛い。彼らは今も、歯を食いしばって頑張っている。

なのに自分ひとりが後ろを向いて生きていくのは、確かに罪なことに思えた。それも日々、悔いばかり抱えて。

その時、ふたりで話し込んでいた座敷に、頼母が現れた。

その顔を見たとたんに覚悟が定まった。そして中川宮に向かって言った。

「わかりました。やらせて頂きます。いえ、ぜひとも務めさせてくださいませ」

頼母は大きな目を輝かせた。

「お引き受け頂けますかッ」

そして丸い体を、いよいよ丸く折り曲げ、深々と頭を下げた。

「ありがとうございます。ありがとうございます。私も末永く、お手伝いさせて頂きます」

容保は笑顔で言った。

「でも、寄付集めは無理かもしれん」

するとし中川宮が、また冗談めかして言う。

「いやいや、容保はんやからこそ集められます。世間は会津に同情してますさかいに。痛めつけすぎてしもうたて」

容保は苦笑した。

「ならば同情を引いて、金を引き出せと仰せですか」

「同情があかんかったら、いっそ脅したらええ。そっちが悪かったんやから、金を出せて」

「ゆすりたかりが私の役目でしたか」

「徳川はんからも、たんまりゆすったらよろし」

頼母も笑い出した。

「幕府が残したお金は、勝海舟どのが取り仕切っていますので、お願いすれば、出して頂けるのではと存じます」

海舟が基金として管理しており、旧幕臣たちが事業を始める際などに貸し付けているという。

容保も珍しく軽口をたたいた。

「私は海舟どのに貸しがある」

頼母が大きな目を、いよいよ見開いて聞く。

「借りではなく？　いったい、どのような？」

「それは言えぬ」

「お教えくださぃ。それを頼りに、私が寄付を頼みにまいりますので」

「そなたの押しつけがましさは相変わらずだな」

容保も中川宮も笑った。

海舟への貸しとは神保修理のことだ。神保を藩邸から連れ出してくれと頼んだのに、中途半端な結果になり、神保は腹を切ってしまった。

その責任を問う気はないものの、容保自身、覚悟を決めて寄付を集めなければならないと思った。

「わかった。慣れぬことゆえ、うまくいくかどうかわからぬが、とにかくやってみよう」

「それでしたら殿は東京で海舟どのや、お大名方から寄付を募ってくださいませ。私は禰宜として、こちらで祭事を執り行いますので」

「きっと九条はんも、ぎょうさん寄付しゃはりますえ。掌典職だけやのうて、東京で保険の会社に関わってはって、お金持ちやし」

そして中川宮は笑いを収め、しみじみと言った。

「これで伊勢から、はるばる来た甲斐《かい》があったゆうもんですな」

翌二月、容保は日光東照宮の宮司と、保晃会の会長に就任した。

同時に頼母が禰宜を務め始めた。

日光の宮司を始めると、すぐに上野の東照宮の宮司もという話が来た。

それも引き受けると、夏には土津神社《はにつじんじゃ》も任された。猪苗代湖を望む高台にあり、会津初代藩主、保科正之を祀る神社だ。

予定通り容保は、勝海舟が管理する徳川基金や、東京在住の大名家などに寄付を頼んだ。

徳川御三家、譜代大名家、官軍になった外様大名まで、容保の依頼を拒む者は、まずいなかった。

九条道孝には寄付を頼みに行くまでもなく、まとまった額が寄せられた。

事務局は地元の篤志家たちが務め、保晃会は予想をうわまわる始動となった。

二年ほど東京で保晃会の寄付を募り、先々も恒常的に寄付を続けてもらえるようにして、会を軌道に乗せた。

そして残っていた家財を売り払い、東京を離れて会津に帰った。

久しぶりに御薬園で暮らした。戦争が始まる前に、恭順するつもりで入った別邸だ。

鶴ヶ城は天守閣も御殿も取り壊され、堀の石垣だけが残っていた。

ただ御薬園は、朝鮮人参《ちょうせんにんじん》などの栽培をしていたこともあって、戊辰戦争当時、西軍の負傷者の治療所として使われた。そのために、あえて残されたのだ。

建物はこぢんまりとして、住まいとしての使い勝手は悪くなかった。

容保は、折々に日光や猪苗代の土津神社に出向き、荒れ果てていた薬草園の手入れもした。

ようやく暮らしが安定し、側室や子供たちと穏やかに過ごせるようになった。

浅羽忠之助を家令として雇い入れ、神社の仕事も手伝わせた。

浅羽は斗南での暮らしが、どうしても立ち行かず、すでに会津に戻っていたのだ。

そんなふうにして二年が経った明治十七年、戊辰戦争戦没者の十七回忌がめぐりきた。容保は五十歳になっていた。

すると地元の篤志家が、白虎隊の碑を建てたいと申し出た。飯盛山で揃って自刃した少年たちの魂を慰めたいという。

容保は石碑に刻む弔歌を依頼された。

浅羽が墨をすり、容保は心をこめて一首をしたためた。

「幾人の涙は石にそそぐとも　その名は世々に朽《くち》じとぞ思ふ」

白虎隊の名を石に刻んで、後の世にまで伝えたいという思いを込めたのだ。

除幕式は命日の八月二十三日で、遺族たちが集まり、容保も参列した。

飯盛山からは城下町が見渡せる。戊辰の年の八月二十三日には、朱色の炎や黒煙が盛大に立つのが、見えたに違いない。

それを眺めながら、彼らは腹を切った。武士の本分を明らかにするつもりで。

萱野権兵衛は、伝えたいことがあるのなら、生き残らねばならないと言った。だが、その萱野も腹を切って果てた。伝えたいことを容保に託して。

容保は自分の歌が刻まれた石碑を見つめた。

この石碑は、ここで死んだ白虎隊の物語を、末永く語り継ぐ。十七、八歳で死んだ少年たちのひたむきさは尊く、人の心を打つに違いない。

後々の世にまで、会津の正義を伝え続けられるとしたら、彼らのほかにはいない。

容保は、そう確信し、もういちど城下方面に目を向けた。

遠くに城下町が望める。その周囲には、稲穂が黄金色に実った田園が、見渡す限り続いていた。

明治二十六年冬、容保は風邪《かぜ》をこじらせて、小石川の自邸で伏せっていた。

あれから五年間、会津で暮らしたが、来年は還暦を迎える。年齢を重ねるにつれて、北国の冬がつらくなり、また東京に戻ったのだ。

長く家令を務める浅羽忠之助が、襖《ふすま》を開けて、廊下から声をかけた。

「橋本綱常《はしもとつなつね》先生というお医者さまが、お見舞いにおいでになりましたが」

容保は箱枕の上で、少し首を傾げた。

「医者の橋本？」

「年の頃なら四十前くらいの方です。洋服姿で、口髭《くちひげ》を生やされて。福井の橋本左内さまの弟さまと仰せです」

橋本左内に会ったことはないが、安政の大獄で処刑された福井藩士だと、松平春嶽から聞いたことがある。

「とにかく通してくれ」

火鉢に炭をくべていた那賀が、火箸を灰に突き刺して聞く。

「お医者さまでしたら、横になられたままで、お迎えになりますか」

「いや、どなたかのお使いだろうし、やはり起き上がった方がよかろう」

春嶽は三年前に亡くなったが、福井松平家からの見舞いかもしれなかった。

那賀がにじり寄り、手を貸して上半身を起き上がらせ、羽織を着せかける。

熱のために少しめまいがしたが、なんとか堪《こら》えた。

隣の部屋にいた佐久が気づいて、櫛《くし》を持ってきて、軽く髪を整えてくれる。

ずいぶん前に髷を落として以来、椿油《つばきあぶら》で白髪を後ろになでつけている。

那賀も佐久も十代で側室になり、もう四十を越えた。たがいに争うこともなく、長い年月、一緒に暮らしてきた。

佐久が櫛を片づけた時に、もういちど廊下から浅羽の声がした。

「橋本先生が、おいでになりました」

那賀が襖を開けると、橋本は縦長の風呂敷包みを大事そうに両手で掲げて、部屋に入ってきた。

佐久が枕元に座布団を置いて勧め、橋本は、その上に正座して、膝の前に風呂敷包みを置いた。

浅羽も佐久と那賀も、揃って座敷から出ていく。

橋本は穏やかな口調で話し始めた。

「見ず知らずの医者が、急なお見舞いで失礼いたしました」

容保は襟元をかき合わせて聞いた。

「どなたかの、お使いでしょうか」

「私は、宮中で侍医を務めさせて頂いておりまして、今日は皇太后さまからのお見舞いを、お届けにまいりました」

容保は驚いた。皇太后といえば、容保を深く信頼してくれた孝明天皇の后《きさき》だ。

「では、このような格好では」

急いで身なりを改めるべきだった。

だが橋本は首を横に振った。

「宮中からのお使いだと先に申しますと、きっと慌てて、お着替えなどなさいましょうから、特に名乗らずに会うようにと、皇太后さまが仰せでしたので」

病人に気をつかわせないようにという配慮だった。

「ならば、恐縮ですが、このままで」

もういちど襟元をかき合わせた。

橋本は風呂敷包みの結び目を、するりとほどいた。すると縦長の桐箱《きりばこ》が現れた。ふたを取り、橋本は中から陶器製の細長い壺《つぼ》を、ゆっくりと取り出した。

「こちらは皇太后さまからの、お見舞いの牛乳でございます」

容保は内心、困ったなと思った。

斗南に残った旧会津藩士の中で、牧場を軌道に乗せた者たちがいた。当初は馬の生産牧場を念頭に置いていたが、御雇外国人の指導で乳牛も飼うようになった。

今ではバターやチーズなどを、東京まで運んで、販売するまでに至った。

牛乳も滋養にいいというので、体力の衰えた容保のために、時おり届けてくれる。

しかし容保は、その匂いが耐えられない。薬だと思って無理に飲もうとすると、はき戻してしまうのだ。

　橋本は容保の様子に気づいて言った。

「牛乳はお口に合わないと伺っています。それでも病気の回復には何よりですので、皇太后さまがコーヒーと砂糖を混ぜるようにと仰せで、そのようにしてまいりました。白い牛乳よりも、ずっと飲みやすいかと存じます」

　そこまで気づかってもらっては、飲まないわけにもいかない。

　容保は襖の向こうに声をかけた。

「おい、湯呑《ゆのみ》を持ってきてくれぬか」

　すると那賀が顔を出した。

「ただ今、お茶をお持ちします」

「先生にはお茶を。私には空の湯呑を」

「かしこまりました」

　那賀は両手を前についてから襖を閉めた。

　容保は陶器の壺に目を向けた。

「それにしても皇太后さまが、私などにお見舞いとは、恐れ入るばかりでございます」

　孝明天皇からは信頼されていたが、年月も経っており、皇太后から見舞いを賜るほどの関わりはない。

すると橋本は微笑《ほほえ》んで答えた。

「皇太后さまの、ご実家をご存知ですか」

「いいえ、存じ上げませんが」

「皇太后さまは九条家のご出身です。九条道孝さまの姉上さまにあらせられます」

「そうでございましたか。九条さまなら、私が東照宮の宮司をさせて頂く際に、いろいろとお気づかい頂きました。保晃会にも、ひとかたならぬご寄付を頂いています」

おかげで日光東照宮は修復が進み、今では大勢の参拝客を迎えて、日光の町も潤っている。

「たいへん、ありがたく存じます」

「それは、ようございました」

それから橋本は一転して、かすかに眉をひそめた。

「それでも九条道孝さまは、まだまだ会津の名誉は回復できていないと、嘆いておいでなのです。皇太后さまも、どれほど孝明天皇さまが松平さまに心を寄せていらしたかを、よくご存知なので、やはり気になさっておいでです」

「それで、このようなお見舞いをくださるとは、身に余ることでございます」

その時、那賀が茶と湯呑を持って、座敷に入ってきた。

橋本は空の湯呑を受け取り、陶器の壺から牛乳を注《つ》いだ。

「寒うございますから、温めてもよいのですが、匂いを気になさるのでしたら、まずは冷たいままで召し上がってみてください」

そう言いながら、湯呑を差し出す。

容保は両手で押し頂いて、覚悟を決めて口元に近づけた。

だが、いつものような不快な匂いがしない。かすかながらコーヒーの香りがした。

思い切って口に含み、目をつぶって飲み下した。

すると思いがけないことに、甘い後味が舌に残った。ほろ苦さもあるが、嫌な感じはなく、むしろ美味だった。

もうひと口、ゆっくりと味わってから、驚きを素直に口にした。

「これは美味《おい》しゅうございますな」

橋本は嬉しそうに言う。

「そうでございましょう。私は医学修業にドイツに留学致しましたが、あちらでは、こんなふうにして、牛乳のたっぷり入ったコーヒーを、よく飲みます」

容保は湯呑を傾けて飲み干した。

「ありがたいお見舞いでございます。私の体を、お気にかけてくださいますとは、思いもかけないことでございました」

するとと橋本は意外なことを言った。

「実は、牛乳のお見舞いが、今日の本当の目的ではありません」

容保は戸惑い気味に聞き返した。

「本当の目的、で、ございますか」

「皇太后さまには松平さまに、きちんとお伝えしたいことが、おありになるのです」

橋本は少し居ずまいを正した。

「皇太后さまも九条道孝さまも、なんとかして会津の名誉を回復したいと、心から願っておいでです」

「こうしてお見舞いを頂いたり、東照宮のことでお世話になったりで、並々ならぬお気づかいを頂き、もう充分でございます」

「いいえ、おふた方は会津の復権を、もっと広く世間に示したいとお望みです。お望みというだけでなく、松平さまに、お約束したいと仰せです。天皇家の力をもって、かならずや会津の名誉を天下に示すと」

容保は驚いて言葉もない。

橋本は、もういちど微笑んだ。

「私は今日、それをお伝えしにまいりました」

慌てて聞き返した。

「されど、どのようにして？」

「たとえば、こちらの姫君に帝のおそば近く、お仕え頂くとか」

女官として仕えて、皇子を生むことも可能だと匂わせる。

しかし容保は青くなった。

「滅相もないことでございます。ひとたび朝敵になった家の娘が、そのようなことになれば、世間の猛反発を招きます」

「いいえ、誤って朝敵にされたからこそ正したいと、皇太后さまは仰せなのです」

容保には現実的な話とは思えなかった。

たとえ娘を女官として差し出したとしても、禁裏の女たちの中では、朝敵の娘など蹴落とされるのは疑いない。

「ともあれ、そこまで皇太后さまに、お気づかい頂いて、感激の至りでございます」

「いつの日か、かならず下々まで納得する名誉回復をと、皇太后さまはお約束なさっています。今の代で無理ならば、次の世代でもと」

そう言えば、かつて萱野権兵衛も子々孫々に期待したいと言った。

橋本は話を終えると、牛乳の入った陶器に手を添えて言った。

「まだ入っておりますので、小鍋で温めて召し上がるとよろしいでしょう。あまり強火で煮立てますと、表面に膜ができてしまいますし、急に吹きこぼれることもございますので、お気をつけください」

容保が見送りに立とうとすると、橋本は手で制して立ち上がった。

「どうぞ、横になってくださいませ。無理をされますと、皇太后さまがご心配なさいます」

浅羽が容保の代わりに、玄関まで見送りに出た。

佐久が台所から小鍋を持ってきて、牛乳を注ぎ、火鉢の炭火にかけて、ゆっくりと温め始めた。

那賀もかたわらに座って言った。

「橋本先生のお話、たまたま耳に入ってしまったのですが、まことに恐れ多いことでございます」

もしも皇太后の思惑が現実になれば、容保のみならず、佐久か那賀の血統も、天皇家に混じることになる。

容保は微笑んだ。

「そのようなことは、まずなかろうが、やんごとなき宮家あたりに、もし会津藩士の血が入るようなことがあれば、なんと楽しい夢であろうか」

佐久も那賀も涙ぐむ。

「もったいない夢でございます」

話をしているうちに牛乳が温まり、佐久が湯呑に注いで差し出す。受け取ると、冷たい指先に、湯呑のぬくもりが心地よかった。

さっきよりもコーヒーが香り立つ。ひとすすりすると、今度も美味だった。

「心まで温まる心地がするな」

容保は、そう言いながら、襟元に手を当てた。

懐の中には、小さな竹筒が首から下がっている。中に入っているのは、孝明天皇から賜った直筆《じきひつ》の感謝状だ。

慶喜に大坂城から無理やり同行させられた時に、急なことで城内に置いてきてしまい、浅羽が持ち帰ってくれた。

以来、肌身離さず、もう二十五年も首から下げている。

孝明天皇の気持ちが、こうして見舞いの牛乳になり、夢のような約束としてもたらされたに違いなかった。

とうてい実現するとは思えなかったが、約束だけでも心から嬉しい。

萱野権兵衛の言葉がよみがえる。

「歴史は正義を語ります。私は、そう信じます」

いつしか戊辰戦争が歴史として語られるようになった時に、会津の正義は、広く認められそうな気がした。

ふと障子に目をやると、冬の日差しが届き、裸木の枝が影になって映り込んでいた。

「いつか、かならず春は来るのだな」

容保は、そうつぶやいて、まだぬくもりの残る牛乳を飲み干した。

その年の十二月五日、容保は肺炎のために、五十九歳で世を去った。

それから三十五年後、皇太后の約束は遠大な計画を経て、容保の孫の代で結実した。

まず九条道孝の娘で、皇太后の姪《めい》でもある節子《さだこ》が、大正天皇に嫁いで貞明皇后《ていめいこうごう》となった。

大正天皇は生涯、貞明皇后ひとりを愛し、ふたりの間には四人もの男児が授かった。

一方、容保の子供たちは、五男一女が成人した。その中の四男に、節子《せつこ》という娘が生まれた。容保には孫娘にあたる。

この節子が、天皇家の四人兄弟のうち、次男である秩父宮《ちちぶのみや》の妻として迎えられたのだ。

節子は、貞明皇后の名前と字面が重なったために、勢津子と改名して秩父宮妃殿下となった。

中川宮が祭主を務める伊勢神宮の勢に、会津の津を合わせた、意味深い改名だった。

挙式は大正天皇の崩御の二年後である昭和三年九月二十八日。

戊辰戦争から丸六十年後の戊辰の年であり、九月二十八日は会津開城後、朝廷が正式に降伏を認めた日だった。

この吉報に会津の人々は歓喜した。まさに会津の名誉回復が、広く天下に示されたのだ。

皇族の持ち物には御印《おしるし》といって、それぞれ植物の絵柄を用いるしきたりがある。四人兄弟の中で、昭和天皇となった長男は御印が若竹、次男の秩父宮は若松、三男の高松宮は若梅だった。

兄弟の御印は、それぞれ生まれた際に定められた。

秩父宮の若松は会津若松を意識しており、次男は生まれた時から、会津の姫をめとると、密かに定められていたのだ。

松竹梅の順序からすれば、長男が若松であるべきだが、あえて逆にした。長男の妻では、あまりに抵抗が強かったのだ。

次男の妃殿下を、朝敵だった家から迎えることでさえ、反対意見は出た。

けれども貞明皇后は、四人もの男児を生んだことで、大きな発言権を得ていた。その結果、周囲の雑音を抑えて、実家である九条家の悲願をかなえたのだ。

その陰に、孝明天皇の容保への感謝と、九条道孝の強い意向があったことは、あまり知られてはいない。

# 解　説

松平保久

私の曽祖父は幕末の会津藩主、松平容保です。私も多少幕末の歴史を齧《かじ》っているので多くの小説、歴史書で容保の名前を目にする事があります。しかし乍《なが》ら自分に容保公の血が流れているとはいえ、私にとっての容保公は曽祖父というよりはどこか歴史上の人物という感が強いのです。幕末の歴史の舞台を彩る登場人物の一人という感じでした。

しかし、植松先生の『会津の義　幕末の藩主松平容保』に登場する容保公が、正に血の通った人物として私の前に登場したのは衝撃的でした。二〇一三年のNHK大河ドラマ『八重の桜』で名優、綾野剛さんが演じた容保公もリアルで魅力的でしたが、本書の容保公も非常に生々しく私の前に登場しました。冒頭の場面は、正に戊辰《ぼしん》戦争のきっかけとなった慶応四年、年明けの鳥羽伏見の戦いです。

それも今までの容保公のイメージとは少し違った荒々しい様子なのは新鮮でした。容保公のイメージは、皆さんも御覧になった事があるかも知れない、陣羽織を纏《まと》い烏帽子《えぼし》姿《すがた》で床几《しょうぎ》に腰かけた写真に代表されると思います。どちらかと言えば穏やかな若き藩主というイメージではないでしょうか。実際、蒲柳の質で肉体頑健ではなかったのですが、どうしても写真のイメージが先行して、私自身も戦場に於《お》いて勇猛に陣頭指揮を執る容保公の姿は想像しにくいものがありました。しかし、実際は非常に意思の強い聡明な方だった筈《はず》です。そうでなければ幕閣として活躍し、京都守護職を務め、そして悲惨な会津籠城戦を戦い抜けるわけはありません。植松先生の描き出す容保は、全編を通じて良い意味で予想を裏切る人物として活躍します。

さらに冒頭の場面で特徴的なのは容保の実弟、桑名藩主の松平定敬公も登場している事です。たまたま、この解説を書かせて頂く直前に、桑名市で講演をさせて頂きました。定敬公は容保と共に京都所司代として幕末の京都の最前線で過ごし、戊辰戦争も戦うのです。どちらかと言うと会津の陰に隠れて、その存在は余りクローズアップされる機会が少ないのですが、講演会場には予想を遥《はる》かに超える多くの桑名の皆さんが集まって下さり、改めて定敬公に対する関心の高さを実感しました。高須四兄弟として其々《それぞれ》が激動の幕末で違った道を歩む事になるのです。

幕末の歴史は非常に複雑で短期間に様々な出来事が起こります。徳川将軍家、尊王攘夷派、孝明天皇と公家たち、佐幕派の有力諸大名、さらには態度を決めかねる諸藩。当時の「藩」という存在は、廃藩置県によって作られ現在につながる「県」とは全く違う感覚でした。各大名藩はほぼ一つの「国」とも言える独自性を持ち、「藩」に対する忠誠心とそれを守るという意識は非常に強かったのです。

その全国の藩を徳川将軍の元に位置づけ、統一国家としての安定政権が二百六十五年もの長きにわたり続いたことは、ローマ時代を指す「パクスロマーナ」と並び、「パクストクガワーナ」とも呼ばれるほど世界史の中でも特徴的なのです。その安定政権がペリーの黒船来航をきっかけにわずか十五年ほどで激変した幕末ですから、各藩の思惑、足並みが揃《そろ》わず混乱の極みだったのは当然です。さらにそれまで政治には直接関与する事のなかった朝廷も、孝明天皇というアグレッシブで主張の強い帝の登場により、その表舞台に登場し混乱に拍車をかけます。状況は刻一刻と変化する、正に激動の時代だったのです。その激流に最も翻弄されたのが、会津藩だったのかも知れません。

複雑な幕末であるが故に、小説としてあまり一つ一つの事象に囚《とら》われ過ぎると難解になってしまいます。この小説の大きな魅力は、非常にシンプルで骨太な構造であることです。植松先生の描く世界は、綿密な歴史考証に基づきながらも、小説としてのエンターテインメント性が見事に展開されて行きます。

全編を通じてそのベースになっているのは、血の通った生身の人間描写です。例えば徳川将軍慶喜は頭の回転がずば抜けて速く、それ故、周囲を翻弄する事になった将軍。この小説の中の慶喜は正に人間臭く描かれています。聡明だがずる賢く本心が分からない。しかし絶対的な権力者でもある。こういう人間がいたら非常に厄介だろうなと思わせます。さらに今まで余り小説などに登場する事が無かった名脇役が、多数登場します。先ほど触れた松平定敬公もその一人ですが、容保のお小姓、浅羽忠之助も。彼は、実に筆まめで日記の様な形で色々な出来事を記録しています。私も彼の事は余り詳しく知らなかったのですが、福島県立博物館の学芸員、阿部綾子さんの研究資料に詳しくその行動が記されています。容保公の傍《そば》に長く仕え、誰よりも容保公の事を知っていた浅羽忠之助が、本書に登場したのは大変嬉《うれ》しい事でした。

当時は現代の様に情報が瞬時に共有される事はありません。

情報伝達の手段は早馬、早飛脚などです。特に会津の場合は、京都守護職として藩主と中心勢力の京都滞在が長引くにつれ、会津の国元家老、江戸藩邸詰めの家臣の意識にはかなりの温度差が生じていたと思われます。京都の最前線で日々変化する情勢を目の当たりにする容保と側近たちの思惑を、会津藩全体で共有出来た訳ではないのです。神保修理の悲劇もそんな状況下で起こりました。会津藩校日新館きっての秀才として容保の信頼も厚かった修理ですが、その開明的な思想故に、会津藩内の主戦派から鳥羽伏見の戦いの責任を取らされてしまうのです。

萱野権兵衛と容保が、開城直前の鶴ヶ城の天守閣に登り、城下を見下ろす場面も印象的です。実際に二人でこの様な会話を交わしたかは分かりません。「殿は、お子さまをお残しください。（略）孫の代か曽孫《ひまご》の代か、いつかは正義が明らかになります。歴史は正義を語ります」この言葉には、謂《い》われなき朝敵の汚名を着せられた会津の悔しさが凝縮されています。鶴ヶ城開城後、その責任を一身に背負い自害した萱野権兵衛の法要は今も尚、東京港区白金の興禅寺で毎年営まれています。権兵衛の言った通り歴史は正義を語っているのです。

さらに圧巻なのは西郷頼母の存在です。西郷頼母は会津藩においては所謂《いわゆる》「高遠以来」の家臣です。会津藩の家臣の中でも藩祖、保科正之公が信州高遠藩より会津に入った時に伴われて来た家系は「高遠以来」と言われ、家臣の中でも一目置かれる存在でした。それ故やっかみを持っていた家臣もいたのでしょう。その中で西郷頼母は冷静に状況を判断し、言いにくい事も諫言《かんげん》するのです。容保も頼母の言は正論である事は十分理解していました。しかし乍ら藩主としての立場上、頼母の諫言を聞き入れる事が出来ず彼を遠ざけるのです。明治になり日光東照宮宮司となった容保を、禰宜《ねぎ》として支えるのが頼母であった事は歴史の皮肉とも言えるでしょう。

この小説では、鶴ヶ城開城後の会津藩の命運も描かれています。

流刑に等しい斗南《となみ》藩での困難。それにも屈せず藩再興を夢見た会津の人々の想《おも》い。しかしその労苦も廃藩置県によって消滅してしまいます。晩年の容保は謹慎蟄居《ちっきょ》が解けた後もほとんど公の場には出ず、ただひたすら戊辰戦争の犠牲者の慰霊に努めていました。時代の流れとはいえ、会津をこれほどの悲劇に巻き込んでしまった藩主としての責任と無念に、生涯さいなまれていたのだと思います。

しかし乍ら謂われなき朝敵の汚名は、昭和三年に晴らされます。会津松平家から容保の孫に当たる松平節子の秩父宮家へのお輿入れです。この経緯について、植松先生は御著書『大正の后』でも言及しておられます。この婚儀には奥羽鎮撫総督であった九条通孝の想いがあったという考察。これは何せ宮中内での出来事ですので、明確な証拠がある訳ではありません。しかし私はこれが偶然の出来事だとは思えません。婚礼の行われた日取りが戊辰戦争会津降伏から丁度、六十年後の戊辰九月二十八日。秩父宮のお印「若松」。婚約の内諾を得る使者として樺山愛輔伯爵をアメリカに赴かせた事。樺山伯爵は、節子の幼馴染《おさななじみ》である樺山正子さん（後の白洲正子さん）の父であり、駐米大使であった節子の父、松平恆雄《つねお》とも懇意だったのです。これらの事には、貞明皇后の明確な御意思と周到な準備があったと思わざるを得ません。

会津に「義に斃《たお》れるとも不義に生きるに非《あら》ず」と言う言葉があります。まさに藩祖、保科正之公の家訓十五カ条を藩是とする会津藩ならではの言葉です。幕末期の全国大名藩は、長きにわたる戦のない安定した幕藩体制の中、次第にサラリーマン化して行きます。そんな中、会津藩は家訓の教えに従い「武士」としての矜持《きょうじ》を最後まで強く持っていました。結果としてはそれが悲劇につながるのですが。

私は曽祖父、容保の事を考える時、「愚直」と言う言葉を思い浮かべます。頑《かたく》なに家訓に従い、徳川将軍家、帝への忠誠を貫き、損得で物事を判断せず「義」に従って突き進む生き様は、不器用ですが尊いものだと思っています。

私は幼い頃から父、保定に「今、こうして松平家が世にあるのは全て会津のお陰だ。その事を片時も忘れず会津に足を向ける様な事は決してしてはならない」と教えられて来ました。私は今も尚、会津の方々と大変親しく交流させて頂いております。本来ならば戊辰戦争の悲劇を起こした戦争責任者である容保の曽孫の顔など見たくもない、と言われても仕方のない事です。しかし、会津の皆さんは決してその様な事を仰《おつしや》らず、「殿、殿！」と優しく迎え入れて下さいます。

時代は平成から令和と言う新しい時代に入りました。会津には今も尚、幕末の想いが強く残っています。大変、辛い悲劇の歴史ですが、会津の方々はその歴史を大切に、そして誇りを持って語ります。私も、その会津の歴史を正しく後世に伝えるのが自分の役目だと思っています。神保修理、西郷頼母、萱野権兵衛、幕末を逞しくも愚直に駆け抜けた会津の先人たちの想いは確実に私の心の中にも宿っているんだと、この小説はそんな想いを強く与えて下さいました。

（まつだいら・もりひさ　会津松平家十四代）

本書は、集英社文庫のために書き下ろされた作品です。

植松三十里の本

# ひとり白虎

## 会津から長州へ

白虎隊で唯一蘇生した貞吉。会津を奪われ行き場を失った彼を、楢崎頼三が長州へ誘う。敵地で生きようともがくが……。幕末維新から明治を生きた誇り高き男を描く、感涙の歴史巨編。

集英社文庫

集英社文庫

会津《あいづ》の義《ぎ》 幕末《ばくまつ》の藩主松平容保《はんしゅまつだいらかたもり》

2019年5月25日 第1刷
2022年12月14日 第2刷

定価はカバーに表示してあります。

著者 植松三十里《うえまつみどり》

発行者 樋口尚也

発行所 株式会社 集英社
東京都千代田区一ツ橋2-5-10 〒101-8050
電話 【編集部】03-3230-6095
【読者係】03-3230-6080
【販売部】03-3230-6393(書店専用)

印刷 大日本印刷株式会社

製本 ナショナル製本協同組合

フォーマットデザイン アリヤマデザインストア　マークデザイン 居山浩二

本書の一部あるいは全部を無断で複写・複製することは、法律で認められた場合を除き、著作権の侵害となります。また、業者など、読者本人以外による本書のデジタル化は、いかなる場合でも一切認められませんのでご注意下さい。

造本には十分注意しておりますが、印刷・製本など製造上の不備がありましたら、お手数ですが小社「読者係」までご連絡下さい。古書店、フリマアプリ、オークションサイト等で入手されたものは対応いたしかねますのでご了承下さい。

© Midori Uematsu 2019 Printed in Japan
ISBN978-4-08-745880-0 C0193